QVH

Gorch Fock

Nordsee-geschichten

Orion-Heimreiter

Titelabbildung: Transglobe/Dr. Essbach

CIP-Kurztitelaufnahme der Deutschen Bibliothek

Fock, Gorch:
Nordseegeschichten / Gorch Fock. – Kiel:
Orion-Heimreiter-Verl., 1987.
(Orion-Heimreiter-Bibliothek)
ISBN 3-89093-303-3
NE: Fock, Gorch: [Sammlung]
Vw.: Kinau, Johann [Wirkl. Name] – Fock, Gorch

ISBN 3-89093-303-3

Orion-Heimreiter-Verlag
2300 Kiel 1, Postfach 3667
Druck und Bindearbeiten: Freiburger Graphische Betriebe
Gedruckt in Deutschland

Maria Rolf

Es war schnell gegangen mit den Rolfen.

Den Sonntag vor Himmelfahrt saßen alle sechs noch traulich beinander auf der Diele, und der Ewer guckte gewaltig groß über das Wasser: – nun war es Pfingsten, und das ganze Haus stand leer. Eine einzige Sturmesnacht war dazwischen gekommen.

Wo war der Ewer, das schmucke Schiff mit dem grünen Steven und den bunten Flögeln? – Der trieb Stück bei Stück irgendwo um Helgoland.

Und Harm Rolf, der fröhliche Fischermann, der so gerne Geschichten erzählte und immer das große Wort führte? – Der spülte irgendwo auf dem Grunde der See zwischen Muscheln und Steinen.

Wo war Geerd, sein stämmiger Junge, der mit dem Geld um sich warf und gar nicht Mädchen genug nach Hause bringen konnte? – Der suchte irgendwo mit glasigen Augen nach Seerosen und Seesternen.

Wo war Geeschen, die stille, sinnige Frau, die so viele, bunte Blumen in den Fenstern stehen hatte und die halbe Woche scheuerte und reinmachte? – Sie ruhte in der Erde unter schlichten Kränzen.

Wo war Hinnik, der Schleef von zehn Jahren, der Sommer und Winter ohne Jacke und Mütze umherlief und aus den Booten nicht herauszukriegen war? – Der war oben auf der Geest bei Verwandten, wo er nun trübselig im Sand watete und sich nach dem grünen Deich und der blinkenden Elbe die Augen ausguckte.

Wo war Klein-Greta, die wie ein Mütterchen um ihre Puppen sorgte und sie tags wohl siebenmal in Schlaf singen konnte? – Die war bei ihrer Großmutter auf der Aue und blickte aus dem Fenster nach den fremden Kindern, die auf dem Deich lachten und spielten.

Und Maria Rolf, die blauäugige Deern, um die sich die Junggäste auf der Tanzmusik schon oft geschlagen hatten, und die wie ein rechtes Finkenwerder Mädchen drei und vier im Gange halten konnte, ohne es mit einem ernst zu meinen? Die lieber lachte als weinte, lieber sang als betete und viel lieber einen Fischerjungen am Arm hatte als einen Bauernknecht? – Die diente als Magd auf dem Uhlenhof bei Hans Fink und hatte mit den hellen Kleidern und den bunten Bändern auch ihren ganzen Frohsinn und all ihre Lustigkeit in die schwere, eichene Truhe geschlossen.

***

Das Trauerjahr war längst vorüber, und Maria ging noch immer schwarz.

Auch lachen und singen konnte sie noch nicht wieder. Zum Tanz zog es sie nicht mehr. Nur im Vorbeigehen sprach sie mitunter einige Worte mit den anderen Mädchen, und fremd und scheu blickte sie die jungen Fischer an.

Sonntags saß sie bei ihrer kleinen Schwester am Auedeich und spielte mit ihr und den Puppen, oder sie machte den großen Marsch auf die Geest und erzählte Hinnik etwas von Finkenwerder.

“Dat is'n Buerdeern worden,” sagte Hans Fink oft zu seiner Angk und nickte zufrieden vor sich hin, denn Maria war eine Magd nach seinem Herzen, der nichts zu viel wurde und die selten bei der Arbeit aufguckte.

“De will woll nix mihr van uns weeten,” hieß es bei den jungen Fischern, die sich mehr als je darüber einig geworden waren, daß es eine zweite Maria Rolf auf dem Eiland nicht gab.

“De will jo woll ne wedder lebennig wardn,” so sprachen die Frauensleute, wenn sie im Schummern vor den Türen saßen.

***

Leise, leise aber stand die Seefischertochter wieder von den Toten auf, – so leise und unhörbar, daß niemand es gewahr wurde und daß sie selbst es kaum merkte.

Wie das Frühjahr, wenn es ins Land kommt.

Niemand sah, wie sie nach dem Melken oft noch eine halbe Stunde auf dem hohen Westerdeich stand und unverwandt auf die Elbe hinausschaute. Kam denn kein Ewer oder Kutter auf, den sie kannte, mit vollen, braunen Segeln und wehendem Wimpel? – Das hatte sie sonst nicht getan. – Wenn ein Fahrzeug auftauchte und vorübersegelte, groß und schmuck wie ihres Vaters Ewer, kam es mitunter über sie, als ob die Sonne ihr in das Gesicht scheine, und ihre Wangen färbten sich rot.

Niemand sah es, wenn sie nach Feierabend über die Wiesen nach dem Deich schlich, die Hinterpforte aufschloß und durch das totenstille Elternhaus ging. – Das hatte sie sonst auch nicht getan. – Nun aber saß sie in der dunklen Stube und sah mit verlangenden Augen auf die lichtbesäte Elbe hinaus und suchte die schwarzen Punkte der Fischerfahrzeuge. Und gingen sie vorbei, die Mädchen allein oder die Jungen allein oder die Mädchen und die Jungen zusammen, so klinkte sie leise das Fenster auf und horchte auf das Lachen und Scherzen. Als müsse sie es wieder lernen.

Im Hinausgehen strich sie wohl auch liebkosend über Hamen und Kurren, die noch wie damals unter der Treppe hingen.

Eines Tages war Hans Fink mit seiner Frau und seinem Sohn nach Altenwerder gefahren, die Knechte und Mägde waren zum Tanz: – Maria war allein auf dem Hof. Da verriegelte sie die Tür und schloß die Truhe auf. Ob die hellen Kleider ihr noch paßten? Nicht, als ob sie sie wieder tragen wollte, – das nicht! Aber man wollte doch gern wissen, ob sie noch zu brauchen waren.

Sinnend legte sie ihr dunkles Gewand ab und schlüpfte in das hellblaue Kleid, das sie immer an Sonntagen getragen hatte. Es paßte noch. Sie schaute in den Spiegel.

"Kinns du di noch, Maria Rolf?" fragte sie mit bebenden Lippen, und das Spiegelbild nickte: "Jo!"

Und sie sah, daß Maria Rolf noch jung war, daß ihr Mund noch lachen, ihre Augen noch leuchten konnten, und freute sich dessen. Dann, als sie zum Fenster hinausblickte und die Sonnenstrahlen in den Kronen der Linden flimmern sah, kam ihr ein altes Lied in den Sinn, und sie summte leise vor sich hin:

"Wenn Hein sien Ewer morgen käm'" ...

Am Montag aber ging wieder eine dunkle Gestalt über den Hof, und Marias Gesicht war wieder starr und ernst.

***

Wieder stand sie im Angesicht der Elbe auf dem Westerdeich und schaute den lichten Strom hinunter. Einige Jollen und Boote waren schon aufgesegelt, als ein prächtiger, stolzer Kutter hinter dem Swiensand hervorkam und mit der Flut näher und näher jagte. Es war ein neues Schiff, das wohl die erste Reise hinter sich haben mochte: in den Toppen flatterten noch die bunten Kränze, hellgelb waren die Masten, und blendendweiß leuchteten die mächtigen Segel über das Wasser. Alle Lappen waren beigesetzt. Maria konnte sich gar nicht satt sehen an dem herrlichen Fahrzeug. Eins freute sie am meisten: daß der Bug grün war, wie bei ihres Vaters Ewer.

Nun erkannte sie auch die Nummer: H.F. 260. Wer mochte es sein? Sie war fremd geworden in der Flotte und kannte nur noch die ganz alten Fahrzeuge.

Ob sie einmal winken sollte? – Scheu blickte sie sich nach allen Seiten um. – Der Westerdeich war wie immer menschenleer.

Rasch nahm sie ihr Tuch ab und ließ es in der Luft wehen.

Jannis Külper wurde es sofort gewahr. Den Deubel ok, – wer war das dunkle Mädchen auf dem Deiche? *Die* doch nicht? *Die* konnte ihn doch nicht meinen?

"Ott, de Klüten brinnt an," sagte er

dann gleichmütig zu seinem Speisemeister, der aber schon etwas gemerkt zu haben schien. Er rührte sich denn auch nicht, sondern blinzelte nur verständnisvoll.

“Goh dol, Moot, un rühr jüm üm.”

Das klang schon anders, und Ott erkannte, daß er überflüssig war. Langsam stieg er nach unten. – Seine graue Mütze war noch nicht ganz vom Deck verschwunden, da langte Jannis nach dem Glas – und nahm die Gegend ein wenig in den Kieker ...

Mann, Kerl, Jannis! Sie war es! Sie war es wirklich! Maria! Maria Rolf! Und sie meinte ihn! Winkte ihm zu! Und winkte noch immer!

Da reckte auch Jannis freudig den Arm in die Höhe und winkte mit der Hand. Dann schob er die Achterplicht auf und zog den neuen Namensstander ans Tageslicht. Wofür hatte man die Flagge? Wie im Fluge stieg sie am Besanmast hinauf und flatterte lustig und frisch über den Wanten.

“Maria” stand in großen, schwarzen Buchstaben auf dem weißen Stander: der Name der Mutter grüßte die Braut.

In diesem Augenblick wußte Maria Rolf, wer der junge Fahrensmann war:

sie kannte seine Mutter – und ihn auch – Jannis.

So fanden sich zwei Fischerkinder, so traute Gott in seiner blauen Kirche zwei junge Menschen.

Als der Kutter um den Neß verschwunden war, stand Maria noch eine ganze Weile auf dem Deiche. Sie wußte, daß sie heute Braut geworden war, und mochte den heiligen Platz nicht verlassen. Endlich aber ging sie doch mit ihren Eimern langsam nach der Landscheide ...

Ein Lächeln lag um ihren Mund und ein sonniger Glanz in den blauen Augen. In den Erlenbüschen sangen die Vögel, ... das hatte sie lange nicht mehr gehört ...

***

Jakob Fink, der verschlossene, junge Bauer, stand vor seinen Eltern.

"Wat dinkt ji ober Maria Rolf?" fragte er schwer und sah nach den Sperlingen, die in den Zweigen des Nußbaumes Krieg spielten.

"'n Fischer krich de ne! De schall mol'n Buern hebben," sagte Hans bedächtig, nachdem er seinen Jungen etwas verwundert angeguckt hatte. – Dann Angk-Süster:

“Meenst du, dat de’n Fischer nimmt? De hett genog van de Fischeree un van de See.”

Da trat der Junge hart ans Fenster.

“Se *schall’n* Buern hebben. Ik weet all’n Brögam för ehr.”

Hans stellte sich, als sei er schwer von Begriffen. “So, so?” meinte er ungläubig. “Keen is dat denn, Jakob?” fragte Angk und stieß den Alten heimlich an.

“Ik sülbst – un wenn ji dormit inverstohn sünd, Vadder und Mudder, denn will ik morgen mit ehr snacken.”

Eine tiefe Stille entstand, ... die Uhr tickte, und das Vieh auf den Wiesen brüllte.

Zuerst fing die Mutter wieder an.

“Will se di denn hebben, Jakob?”

“Dat denk ik!” Das klang, als wenn die Linden des Uhlenhofes rauschten; das ganze Selbstbewußtsein des Marschenfürsten lag in der Antwort. Für *die* Sprache hatte Hans Fink Sinn.

“Du kanns ehr krien,” sagte er. “De Diern is god, wat, Mudder?”

Sie nickte eifrig.

“Dat is een för den Uhlnhoff.” –

Es war eben nach der Kirche.

Maria saß unter den Linden, und Jakob stand in der Tür. Jeden Augenblick wollte er es sagen, aber immer verlor er in der letzten Sekunde den Mut, und er ließ dem leisen "Maria" eine laute Frage nach irgend etwas Alltäglichem folgen. Endlich sah er ein, daß er nicht länger warten dürfe.

"Wat meenst du to den Uhlnhoff, Maria?"

"Dat is de beste Hoff up Finkwarder," gab sie zurück.

"Muchst du dor woll as Buerfroo up blieben?"

Damit war es ausgesprochen. Maria neigte den Kopf und gab keine Antwort.

"Maria?"

Sie neigte sich tiefer – und blieb stumm ...

Der Uhlenhöfner wußte genug.

Mit weiten, starren Augen und fest zusammengepreßten Lippen ging er langsam in die Dönß und ließ sich in einen Stuhl fallen. –

Maria Rolf saß noch unbeweglich: nun mußte sie wohl morgen vom Hof, noch ehe Jannis aufgekommen war ...

Jannis! – Beinahe hätte sie aufgeschrien, denn da kam er den Weg entlang. Wie schnell er ging, wie leicht und freudig! Nun winkte er mit der Hand, – sie wurde über und über rot und konnte nur eben mit dem Kopfe nicken.

Dann vergaß sie Jakob und alles und ward ein übermütiges Kind, ein verliebtes Mädchen, das sich vor Freude und Glück nicht zu helfen weiß. Sie schlüpfte ins Haus und versteckte sich hinter der Tür. Jannis kam die Wurt herauf und trat auf die Diele.

Na, – wo blieb sie? War sie scheu in ihre Kammer gelaufen?

Er hustete stark, um sich bemerkbar zu machen, – daß Maria bald laut aufgelacht hätte. Auf den Zehenspitzen schlich sie sich hinter ihn – und hielt ihm mit beiden Händen die Augen zu.

“Ro' mol, keen't is?”

“Halloh!” Lachend drehte der Fischer sich um und nahm sie fest in die Arme.

Sie wurden gar nicht gewahr, daß Hans und Angk über die Diele kamen. Erst als sie dicht bei ihnen waren, sahen sie auf, – und Maria barg ihr Gesicht an seiner Brust.

Jannis aber hob ihr Kinn in die Höhe. – “Liekut kieken, Diern, wi brukt uns ne to versteken,” sagte er lächelnd. “So, nu segg di man tum Harfst up.” Dann zu dem Bauern: “Wi sünd uns eenig worden, Hans.”

Hans Fink nickte nur.

“So, so,” meinte er trocken, dann blickte er auf Maria.

“Du wullt ’n Fischer hebben, Diern?”

Die lachte: “Ik hebb all een!”

“Un du hest all’ns vergeeten?” fragte Angk und schüttelte den Kopf.

Da wurde die Stubentür heftig aufgestoßen. Jakob stand im Rahmen.

“Mudder, lot ehr doch! Se *kann* jo ne anners.”

Mit großen Augen sah Maria ihn an.

Dann entwand sie sich Jannis’ Armen und ging die Bodentreppe hinauf.

“Kumm so lang inne Dönß,” mahnte Angk.

Der gute Fischer hätte lieber bei Borkum einen heftigen Nordwest ausgestanden als diese schwüle Stille in der Bauernstube. Was half sein Erzählen, ... daß sie in das kleine Haus am Deich ziehen wollten, ... daß er Greta von der Aue und Hinnik von der Geest holen wollte, ... die drei hörten nicht darauf.

Ihnen war etwas gestorben, das nicht wieder lebendig zu machen war.

Noch einmal aber schien die Sonne voll und warm in das Zimmer, daß sie aufblicken mußten: Maria stand in der Tür – in ihrem hellblauen Kleide – mit einer Rose auf der Brust und lachte.

Wie ein Wunder starrte Jakob sie an ... Er hätte nie geglaubt, daß Maria Rolf so lachen konnte ...

***

Ein Mast mit buntem Kranz grüßte über den Deich.

"Jannis?"

"Maria?"

"Nimmst mi ok mol mit no See?"

"Jo, jo, Diern! Den Deubel ok: denn krieg' ik jo 'n feinen Kock."

Sie nickte lebhaft – und sagte leise, als spräche sie mit sich selbst: "Ik mag so giern up't Woter wesen."

Der Reeder

Gestern 139, heute 140 Tage. 140 Tage Reise von Terschelling nach Antofagasta, ein Klipper wie die "Elisabeth": wer glaubte das? Hinrich Willers, der Reeder, schüttelte den Kopf, denn er konnte es nicht glauben, und er glaubte es auch nicht. Das Schiff war verschollen.

Hinrich Willers stand am Balkonfenster seines weißen, schloßartigen Landhauses hinter Nienstedten, das von seiner stolzen Höhe über die Baumwipfel hinweg auf die Elbe sah, und hatte die grauen Augen in der Weite. Er gewahrte nicht die grauen Steinewer und schwarzen Fischerkutter mit den braunen Segeln in der Tiefe, nicht die grünen Kuffen und weißen Tjalken mit den griesen Lappen, die mit der Flut gegen den Ostwind hamburgan kreuzten, nicht die großen und kleinen Dampfer, die vorübermahlten, nicht den langen Deich von Finkenwerder mit seinen Eschen und Linden, nicht das Alte Land mit seinen Kirchtürmen, Bauerndächern und Ziegeleischloten und nicht die wandernden, schäumenden Wogen auf der Elbe.

Anderes stand vor seinen geistigen Augen: andere Wogen und anderes Wasser sah er. Die Wogen gingen haushoch, bergehoch gingen sie, und das Wasser war die See, die dunkle See, der südliche Atlantik, war das ungeheuerlich aufgewühlte, kochende, brüllende Weltmeer. Ehern und urgewaltig erhoben Riesenwellen ihre schaumgekrönten Häupter zu grauenhaften Höhen, und Wogentäler taten sich jäh auf, so tief, als wollten sie den Meeresboden streifen. Wie der Qualm der Hölle flogen zerfetzte Wolkenreste heran und zerflossen in dem undurchdringlichen Grau des Hebens. Und ein Schiff tanzte inmitten dieses Hexenkessels. Ein Vollschiff war es auf der Elbe, ein stolzer, mächtiger Dreimaster, hier war es nur ein Stück Holz in einem Wasserwirbel. Segel konnte es nicht mehr führen, so furchtbar raste der Sturm; so mußte es vor Topp und Takel lenzen. Der Fockmast war niedergebrochen. Wild wie russische Wölfe stürzten die Seen sich auf das wehrlose Schiff, das schwer arbeitete in der riesenhaften Dünung von Kap Horn, und der Sturm ging die Sache an, als wollte er einem das Herz aus dem Leibe wehen. Urplötzlich aber zog eine dichte Hagelflage herauf und umschlang das Schiff und die See wie ein Leichentuch, daß nichts mehr von ihnen zu sehen war.

Der Reeder wandte sich ab, als wenn er das Ende dieser schweren Flage nicht sehen mochte.

140 Tage war sein Vollrigger schon auf See, und noch hatte Kapitän Saß nicht gekabelt, daß er die Salpeterküste erreicht hatte, Kapitän Saß, der mit dem scharfsegelnden Schiff und mit dem Wind so sehr verwachsen war, daß er die Reisen nach der Westküste in den ganzen zwanzig Jahren fast immer unter 70 Tagen getan hatte. Einmal, als er den Kalmen, den Stillen um den Äquator, gänzlich durch die Finger gelaufen war, hatte er sich sogar in 58 Tagen nach Valparaiso geklippert wie der beste Geschichtenerzähler von Kapitän. Und er sollte 140 Tage nach Antofagasta nötig haben? Auf der Höhe von Pernambuko war er von einem Hamburg-Süd-Dampfer gesehen

und angesprochen worden; seitdem fehlte jegliche Kunde von ihm, aber von Punta Arenas waren Berichte über anhaltende, schwere Stürme im Gebiet von Kap Horn nach Hamburg gelangt. Hinrich Willers wußte lange, daß sein Dreimaster verschollen war, wußte, daß er sein schönstes, liebstes Schiff verloren hatte, lange bevor die Wasserkante von der "Elisabeth" sprach, lange bevor die Rückversicherungen bei Lloyds abgeschlossen wurden und bevor die Zeitungen den mutmaßlichen Untergang des heimischen Seglers befürchtet hatten. Lange Wochen schon quälte er sich um sein Schiff, ohne daß er sich jedoch im Hause, an der Börse oder im Kontor anders als sonst gegeben hätte. Nach niederdeutscher Art fraß er seine Gedanken in sich hinein. Fragte ihn jemand, so bemerkte er gleichmütig, daß es bei Segelschiffen lange und kurze Reisen gäbe, und daß er nur von seinen Dampfern sagen könne, wann sie ihren Hafen ungefähr erreichten.

Elisabeth Willers saß schon am Frühstückstisch, als er eintrat. Wortlos legte sie ihm die Morgenzeitung hin und sah ihn vorwurfsvoll an.

Er blickte hinein und las die lange Reihe der Namen der Seeleute, die sich auf dem Vollschiff "Elisabeth" nach der Musterrolle befunden hatten, als es seine letzte Reise von Hamburg angetreten hatte. Über den Verbleib des Seglers müßten die schlimmsten Befürchtungen gehegt werden, hieß es zuletzt.

Die Frau unterbrach die Stille, die eingetreten war.

"Ist es denn wirklich wahr, Hinrich?"

"Was wahr? Es sind schon Segler viel länger unterwegs gewesen. Saß läßt sich so leicht nicht unterkriegen. Der kommt noch wieder!"

"Hinrich Willers, ist das recht, daß deine Frau erst in der Zeitung lesen muß, wenn eines unserer Schiffe untergegangen ist?"

"Kind, du hast niemals sonderlich nach den Geschäftsvorfällen gefragt," erwiderte er geruhig.

"Geschäftsvorfall, Hinrich Willers, ist das nicht mehr als ein Geschäftsvorfall, wenn das Schiff untergeht, das meinen Namen trägt?" fragte Elisabeth Willers ernst.

"Deern, laß das! Wenn es soweit gewesen wäre, daß die Hoffnung aufgegeben werden müßte, hätte ich gewiß etwas gesagt. Jetzt hoffen wir noch."

“Du hoffst nicht mehr, das seh ich deinen Augen an. Es tut mir weh, daß du mir das getan hast! Die arme, arme Gesa Saß in Blankenese, wie mag sie verzweifeln. Ich will zu ihr! Oder darf ich nicht?”

“Doch. Geh nur.”

“Du gehst nicht mit? Er hat doch zwanzig Jahre als Kapitän für uns gefahren!”

“Was soll ich für Trost bringen, Frau? Eine Seemannsfrau muß immer auf so etwas gefaßt sein. Außerdem wartet mein Geschäft auf mich.”

“Du Geschäftsmann! So wenig bekümmert dich dein Schiff?”

“Ich habe noch mehr Schiffe, Deern, sieben Dampfer und zwei Barken, für die ich Frachten suchen muß. Ich stehe mitten im Leben wie in einer Schlacht und kann mich nicht nachdenklich in die Ecke setzen wie du.”

Der Reeder war ans Fenster getreten und blickte wieder in die Tiefe. Ein lautes, anhaltendes Tuten drang von der Elbe herauf. Ein großer Dampfer mit dem roten Schornsteinring der Reederei Willers, der “Livorno”, dampfte vorbei, und Kapitän Hansen grüßte das Haus seines Reeders, wie alle Willers-Dampfer es taten, wenn sie Nienstedten passierten, aber Hinrich Willers hörte es diesmal kaum, er sah auch seine weißrote Hausflagge kaum wehen, denn die wilden Seen erhoben wieder ihre weißen Köpfe, und die Stimme von Kap Horn brauste wieder in seine Gedanken hinein.

“Du hast doch gerade an dem Schiff gehangen,” sagte Elisabeth Willers leise, “wie magst du jetzt so leicht darüber hingehen, wie die See darüber hingegangen ist! Du hast an ihm gehangen, ich weiß es, nicht allein, weil du es nach mir benannt hast, Hinrich,” ... sie war zu ihm getreten und hatte die Hand auf seine Schulter gelegt ... “sondern auch, weil du mit ihm damals die große, lange Reise nach Iquique gemacht hast, von der du so froh und frisch zurückgekommen bist. *Den* Hinrich Willers möchte ich noch einmal sehen, aber der ist längst tot, glaube ich.”

Der Reeder gab keine Antwort, da wandte sie sich still ab und ging aus dem Zimmer, er aber machte sich zum Ausgehen fertig.

Als er die Treppe hinunterstieg und die Flagge im Morgenwinde flattern sah, da dachte er einen Augenblick daran, sie halbstock zu setzen, aber er ging doch daran vorbei, bestieg den wartenden

Wagen und fuhr wie allmorgentlich die Elbchaussee entlang, Hamburg und seinen Geschäften entgegen.

Diesmal bekam die blinkende Elbe, die allerecken heraufäugte, keinen Blick von ihm, denn seine Gedanken waren immer noch, waren wieder bei Kap Horn und seinem Vollschiff, das die wilden, rauhen Sturmriesen in die Tiefe gedrückt hatten. Und wenn ihm auch keiner etwas ansah, wenn er niemand in seinem Gesichte lesen ließ, so trauerte seine Seele doch tief und ehrlich um das untergegangene Schiff und um die ertrunkenen Menschen.

Er stand mitten im Auf und Nieder der Geschäfte und des Lebens und sah und hörte Tag für Tag von Schiffbrüchen und Bankbrüchen, er war für das gewöhnliche Mitleid zu stolz geworden: aber bei dem verschollenen Schiff starb ihm wirklich etwas, starb ihm ein Stück Schönheit, ein Stück seines Lebens und seines Herzens. Er hatte mehr Dampfer als Segler auf dem Wasser und verdiente mit den Smeukewern mehr als mit den Windjammerern, viel mehr, doch aber hing sein Herz an seinen Seglern. Und wenn er einmal gesagt hatte, er hätte die Dampfer nur, damit er auch Segelschiffe bauen und fahren lassen könne, so war das mehr als ein Scherz gewesen. Seine Dampfer waren seine Arbeiter, seine Segelschiffe waren seine Freunde. Die Dampfer hieß er seine Kasten, die Segler aber seine Schiffe. Die brachten die Schönheit und Romantik in sein Geschäft hinein und woben Glanz und Freude um sein Haus und um seine Seele. Die grüßten ihn. Das machte: sie waren die Schiffe seines Vaters, die Schiffe seiner Kinderzeit. Auf ihren Rahen stand seine Jugend, in ihren Wanten kletterte seine Kindheit. Er hatte als Kind viel auf der väterlichen Werft gespielt und konnte sich seine Knabenjahre nicht anders denken, als überragt von Segeln, Masten, Stengen und Rahen. Auch seinen Vater, den alten Zimmerbaas, wie er sich zeitlebens nannte, konnte er sich nicht anders vorstellen. Nach dem Tode des Baases, der ihm eine ganze Flotte von Segelschiffen hinterließ, wehrte er sich lange gegen Dampf und Eisen, bis sie ihn endlich unterkriegten. Er baute Dampfer, aber seine Seele hatte keinen Teil daran, die blieb bei seinen geliebten Seilern. Alle ihre Fahrten machte er im Geiste mit, während er sich um seine Dampfer kaum kümmerte. Sie brauchten nur aufgedreht zu werden wie ein Uhrwerk, dann liefen sie von selbst, sagte er.

Das Frauenherz wußte es: an der "Elisabeth" hing sein Herz am meisten. Hundert Tage hatte die "Elisabeth" ihn einst an Bord gehabt, als sie ihre erste Reise über den Ozean machte, hundert freie, schöne Tage, den größten, schönsten Urlaub seines rastlosen Lebens. Hundert Tage Wasser und Himmel! Wie war er da verwachsen mit dem großen, herrlichen Schiff, wie hatte es zu ihm gesprochen mit seiner starken Stimme, wie fest und treu hatte es ihn durch Stürme und Stillen, durch Tage und Nächte getragen. Wie ein schöner, bunter Traum zog die Reise an ihm vorüber. Er ging wieder in den sternklaren Nächten auf dem Achterdeck hin und her, sah wieder nach den ungeheuern, schwarzen Segeln hinauf und sah wieder das Kreuz des Südens funkeln! Er segelte wieder in den Passaten mit den Wolken um die Wette und freute sich der schnellen Fahrt. Er sah wieder die fliegenden Fische in der Sonne glänzen und die Delphine vor dem Bug spielen. Auf der Poop saß er, und sein Roß war das springende Schiff, und er trank die See und die Schiffahrt wie köstlichen, alten Wein. Land und Geschäft hatte er vergessen, hatte nur geatmet und gelebt. Ein Mensch war er gewesen die hundert Tage hindurch, und er war den Menschen näher gekommen, wie kaum jemals einem von ihnen seit dem Tode seines Vaters. Recht als Glied der großen Familie an Bord hatte er sich gefühlt, hatte an ihren Erlebnissen und Begebenheiten, an ihren Freuden und Leiden teilgenommen, er, der jetzt als unzugänglich verschriene Mann. Haifische und Albatrosse hatte er mit den Matrosen gefangen, ja, er hatte mit ihnen an kleinen Schiffen und Kästen gearbeitet. Oft, wenn er später im Konzertsaal oder in der Oper gesessen hatte, sehnte er sich nach der Bank vor dem Volkslogis, auf der er gesessen hatte, wenn der alte Zimmermann abends auf der Harmonika spielte und sich ringsum das weite Meer dehnte. Oft, wenn sie ihn später hinterrücks in Geschäften beschlichen, verlangte ihn nach der derben Dreistigkeit des Koches, der ihn bei der Linientaufe einfach beim Kragen nahm, der ihn einseifte, ihm das Gesicht verschrammte, daß es blutete, und ihm dann das Brett wegzog, so daß er rücklings ins Wasser stürzte. Oft wünschte er sich später einen Hilfsmann, wie den langen Segelmacher, der ihn unter Lebensgefahr aus der Brandung und dem Gischt holte, als die große Sturzsee ihn vom Achterdeck gespült hatte! Dann die Sturmwochen bei Kap Horn! Seemannskraft und Seemannsarbeit hatte er dort kennengelernt, er war selbst zum Seemann geworden, hatte unter dem Südwester und im Ölzeug mitgearbeitet, als die halbe Mannschaft Havarie an Armen und Beinen bekommen hatte. Zuerst wollte ihm das Herz schier aus dem Leibe fliehen, dann aber wuchs es recht fest in der Brust, und eine schöne Furchtlosigkeit erstand in ihm, die allen Stürmen der Region von Kap Horn geruhig trotzte.

Mochte sich der Staub der Geschäfte und der Jahre auf diese schöne Segelzeit gelegt haben, verblaßt war sie noch nicht. Und dieser Sturm, der die "Elisabeth" zertrümmert hatte, hatte die graue Schicht weggeblasen, daß alle Farben wieder hervortraten.

Tief atmete der Reeder auf.

Wie er damals nach den hundert Tagen Seefahrt die staubige, sonnenverbrannte Salpeterküste wie ein Heiligland begrüßt hatte, so konnte er sein verstaubtes Leben, seine sonnenverbrannte Seele grüßen, wenn er wollte. Er fühlte es, daß er wieder so lachen konnte, wie damals in den Kalmen bei den drolligen Geschichten des Steuermannes, wenn er wollte. Er konnte wieder zu einem fröhlichen Menschen werden, wenn er wollte: wie eine Offenbarung kam es über ihn, daß er die *Kraft* dazu noch hatte. Das hatte er bisher nicht geglaubt, – der Untergang der "Elisabeth" aber hatte es ihm klar gemacht.

Er mußte nur die Sprache Kap Horns und der Passate wieder lernen, er mußte nur den Glockentönen nachgehen, die ihm wieder erklungen waren! Er wollte es! Der Mensch in ihm verlangte einen anderen Rock als den des Reeders und des Kaufmannes, einen größeren, denn er hatte sich in diesen Augenblicken gereckt, und die Nähte waren ihm aufgegangen! Und der Mensch verlangte nicht nur einen besseren Rock, sondern auch einen anderen Weg, an dem nicht nur Hauptbücher und Schreibmaschinen standen.

Die tiefe Stimme des alten Jantjes, des Bibellesers, klang ihm wieder in den Ohren: "Was hülfe es dem Menschen, so er die ganze Welt gewönne und nähme doch Schaden an seiner Seele?"

Er sah einen Buchfinken über den Weg

fliegen und hörte eine Schwarzdrossel im welken Eichenlaub rascheln. Verwundert sah er auf, denn es kam ihm vor, als habe er das vor lauter Geschäften noch niemals gesehen und gehört.

Sollten die einstelligen Zahlen nicht mehr in seinem Leben zu bedeuten haben als die vielstelligen? Sollte es nicht wichtiger für ihn sein, daß er die Liste der ertrunkenen Seeleute nochmal durchsah, als daß er die Versicherungspolice des Schiffes prüfte? Sollte es nicht besser sein, daß er Elisabeth anriefe und ihr sagte, daß er mit nach Blankenese fahren wollte, als daß er im Kontor arbeitete? Sollte es nicht richtiger sein, vor der neuen Feder ein neues Gesicht aufzustecken? Sollte es nicht schöner sein, freundlich wiederzugrüßen, als gleichmütig zu nicken?

Solche Gedanken gingen dem Reeder durch den Sinn, als er durch den herben Vorfrühlingsmorgen fuhr. Er kam so weit, daß er die Elbe wieder sah und ihre Segel wieder grüßte. Das machte die hunderttägige Seefahrt mit der "Elisabeth", die wieder in ihm erweckt worden war und ihn mit den klaren, blauen Augen seiner Kindheit anblickte.

So kam er mit seinem Gefährt nach

Hamburg. Einiges flüchtete vor dem Tut und Qualm des Hafens, manches zerstob vor dem Lärm der Straßen, vieles verwehte und zerrann, aber nicht alles: etwas blieb doch in der Seele des Reeders sitzen, ein Körnlein oder zwei. Als er seinen prächtigen Karpfangerhof betrat, sagte er dem Verwalter, er solle die Flagge halbmast setzen um die verschollene "Elisabeth", und als er durch das große Kontor ging, da grüßte er die Angestellten, was er sonst noch niemals getan hatte.

In seinem Privatkontor stand er dann lange vor dem Ölbild, das der hamburgische Seemaler Schnars-Alquist ihm gemalt hatte. Er sah den Vollrigger "Elisabeth" mit den weißen Segeln voll Passatwind über den Atlantik rasen, und es war ihm, als grüßte das Bild ihn zum erstenmal.

Erst als er dann mit Nienstedten gesprochen hatte, ließ er sich die Morgenpost bringen.

Hol ober!

Die Julisonne und der Ostwind hatten den Tag über ein Gewitter gebraut.

Nun stand im Westen eine Wolkenwand auf der Elbe, dunkelblau und drohend, die von Blankenese bis tief ins Alte Land reichte und sich höher und höher schob. Über die bangen Wiesen und den regungslosen Strom kam die Dämmerung gekrochen. Eine bleierne Schwüle lag auf der Welt und benahm ihr den Atem.

Wir saßen vor dem schmucken Fährhäuschen am Sommerdeich, unter den Linden, die mit ihren dunklen Kronen gespenstisch groß in den Nachthimmel wuchsen. – Im Lehnstuhl der alte Henning, dem Wasser zugekehrt, still und zufrieden vor sich hin sinnend. Ich beneidete ihn um seinen Lebensfeierabend: vor sich den Weg seiner rüstigen Tage, die breite Elbe mit ihren Fährschiffen, über sich die Blätterpracht der deutschen Linden und hinter sich das behagliche Heim. Am Zaun sein Enkel, der gewandte Fährmann, der gerade dabei war, ein Buttgarn auszubessern, und leise vor sich hinsummte, als steckte schon jetzt in jeder Masche ein zappelnder Fisch. – Auf der Bank ich; und guckte nach den Mücken, die über den Bäumen ihren Reigen hielten. Gut, daß ich meine nächtliche Geestwanderung aufgegeben hatte.

Lange Zeit wurde kein Wort gesprochen. Endlich sagte der Junge: "Flut!" – und wies mit dem Scheger nach dem Wasser.

Es war so. Die vor Anker liegenden Jollen drehten sich, und eine Sandbank nach der andern tauchte unter. Mit der Flut kam auch das Gewitter: die blaue Wand breitete sich über den ganzen Westen. Dann teilte sie sich in Wolkenhaufen. Kleine Stücke lösten sich aus den Massen und liefen voraus, wie die Spürhunde des Jägers. Sie wogten schon steil über uns. Bis jetzt hatte sich kein Blatt geregt: nun aber wich der Bann, der wie ein schwerer Traum auf der Natur gelegen hatte. Der erste Strahl zuckte hernieder, und der erste Donner hallte über das Land.

Gleich darauf lief der erste Windstoß durch das Ried. Eine gewaltige Sturmflage folgte ihm und wühlte das Wasser zu schäumenden Seen auf.

Der Junge pfiff unbekümmert weiter, als ginge der ganze Kram ihn nichts an. Er mochte wohl alles gut vertäut und verriegelt haben.

Und der Alte, – ich sah mich nach ihm um – und fuhr unwillkürlich zusammen ... War das noch der sinnende Alte von vorhin? Dieser Mann, der von seinem Stuhl aufgestanden war und mit vorgebeugtem Körper, mit weitgeöffneten Augen und dem Ausdruck höchster Spannung in dem arbeitenden Gesicht auf die Elbe starrte, als suche er und horche er, als müsse jeden Augenblick etwas Furchtbares eintreten?

Ich wollte aufspringen und fragen, ... ich konnte es nicht: die Scheu, vor etwas Entsetzlichem zu stehen, hieß mich schweigen.

Eine zweite Windflage wehte heran und beugte die schlanken Erlen und Eschen bis auf das Schilf. Das Brausen und Rauschen wurde stärker. Grell beleuchteten die Blitze die hochgehende Elbe, und die Fensterscheiben klirrten bei den knallenden Schlägen.

Da, – mit einem Male, – schrie der Alte gellend auf:

“Flut! Flut! Den Jäger holen! Er ruft: *Hol ober! Hol ober!*”

Schrecklich klang es. Dann stürzte er hastig den Deich hinunter, nach den Fährbooten. Ich wollte ihm nachspringen: aber der Junge war mir schon zuvorgekommen und hatte ihn eingeholt. Mit starken Armen umschlang er den krampfhaft Widerstrebenden und trug ihn wie ein Kind den Deich herauf.

“Hierbleiben, Großvater! Der Jäger ist schon abgeholt,” sagte er ruhig und fest. Der Greis wehrte sich erregt und suchte sich seinen Armen zu entziehen.

“Laß mich, Junge, laß mich! Ich habe es ihm versprochen, ich muß ihn holen. Es ist ja Flut.”

“Die Altenländer haben ihn abgeholt, Großvater,” beruhigte der Fährmann ihn; dann trug er ihn ins Haus.

Noch lange drang das todesbange “Hol ober! Hol ober!” zu mir heraus und ließ mich erbeben.

***

Als der Regen niederprasselte und so stark wurde, daß er durch das Blätterdach der Linden tropfte, barg ich mich in die Schankstube. Dort saß Alt-Geeschen, Hennings Tochter und des Jungen Mutter. Sie steckte die Lampe an und setzte sich zu mir.

Ich fragte nicht. Da hat sie erzählt:

“Er war der beste Fährmann weit und breit in seinen guten Jahren. Niemand konnte sich über ihn beklagten. Ob einer bei Sonnenschein kam oder bei Regen, ob früh am Tage oder spät in der Nacht: Henning war immer gleich flink bei der Hand und gleich vergnügt. Keinen ließ er warten. Mit seinen spaßigen Erzählungen wußte er die Fahrt so zu kürzen, daß viele zu ihm kamen, die gar nichts auf dieser Seite zu tun hatten.

Im Sommer 1889 erschien an jedem Mittwoch ein Jäger aus der Stadt. Auf dem Buschsande, den jede höhere Flut unter Wasser setzt, lag er während der Ebbe der Jagd auf Taucher und Wildenten ob. Henning mußte ihn bei halber Tide hinausfahren und beim Eintritt der Flut abholen. Sie konnten gut miteinander fertig werden, die beiden, und wurden im Laufe der Wochen gute Freunde. – ‘Hol ober! Hol ober!’ rief der Jäger fröhlich, wenn der Fährmann angerudert kam.

Den einen Tag war die Tide reichlich spät. Henning hatte seinen Passagier um die Abendbrotszeit an den Sand gesetzt und schirrwerkte nun hinterm Deich. Er hatte da einen gängigen Fleck Grasland, den er gern noch mähen wollte. Die Sonne stach, und im Westen schob sich ein Gewitter zusammen; aber er ließ sich nicht stören. Nur wenn die Sense stumpf geworden war und er sie streichen mußte, gönnte er sich ein wenig Ruhe und wischte sich mit dem Ärmel den Schweiß von der Stirn. Dann sanken wieder Schwaden über Schwaden unter seinen Händen.

Mitten in seinem Mähen aber zog sich das Wetter über seinem Kopfe zusammen. Mit einem Male wurde er es gewahr und warf die Sense beiseite. Dann lief er auf den Deich. Herr im Himmel! Die Flut war da! Der Jäger! Er fühlte, wie seine Beine flogen und wie es ihm kalt über den Rücken lief. Und da drang auch schon der Ruf herüber: ‘Hol ober! Hob ober!’ Aber der klang anders als sonst.

Einen Augenblick stand der Fährmann wie betäubt. Dann, als eine wilde Windflage über die Elbe jagte und jeden andern Laut erstickte, das ängstliche Piepen der Finken, das schreckhafte Brüllen der Kühe, den todesbangen Ruf vom Buschsand, da kam er wieder zu sich und stürmte nach dem Boot, das im Schleusengraben lag. In wahnsinniger Hast riß er das Segel auf, stieß ab und kreuzte auf die Elbe hinaus. In Strömen schäumte das Wasser in Lee über die Reling, so schief lag das Fahrzeug. Es konnte bei jedem Stoß umschlagen, aber Henning achtete dessen nicht. Er sah unverwandt gen Westen nach dem Buschsande, der im Schein der Blitze noch eben aus dem Wasser guckte.

'Ich komme! Ich komme!' schrie er immer wieder. Aber der Sturm übertönte seine Stimme. Er vernahm keine Antwort mehr. Der Regen und der Gischt der Wogen schlugen ihm ins Gesicht." -

Die Erzählerin schwieg eine Weile. Dann fuhr sie fort:

"Er hat ihn nicht mehr gefunden. Als er den Buschsand erreichte, ragten nur noch einige dünne Weidenzweige aus der Flut. Bleich und verstört kam er morgens zurück. Dann fuhr er nach Harburg hinüber und ging aufs Gericht. Die hielten ihn einige Wochen fest; aber als die Leiche des Jägers nicht gefunden wurde, und als man überhaupt nicht ausfindig machen konnte, von wo er eigentlich war und wie er geheißen hatte, ließen sie ihn wieder frei."

Wieder hielt sie inne. Leiser schloß sie dann:

"Er kam anders heim. Als Fährmann war er nicht mehr zu brauchen. Sie grauten sich vor dem unglückseligen Mann. Da sinnt und grübelt er nun die ganzen Tage, spricht selten ein Wort und lacht niemals mehr.

Nur wenn ein Gewitter kommt und der Wind um die Linden heult, wie heute, ... dann ... Sie haben es ja gesehen ..."

Der Regen war vorüber. Im Mondenschein ging ich den aufgeweichten Deich entlang und hing immer dem einen Gedanken nach.

Hans Hinnik

Hans Hinnik, – warum geht er mir gerade heute durch den Sinn? Macht es die schwüle Sommernacht am Ruder, oder gibt es Mächte, die den Toten rufen können?

Hans Hinnik, – das war ein Mensch für sich, eigenartig und wunderlich schon in jungen Jahren. Ich entsinne mich, daß er als Kind einen scheuen Blick hatte und die vor ihm stehenden Leute nie recht ansehen konnte. Aber das Ferne, Weite sah er ruhig, fest und groß. Er sprach nicht so viel als wir andern Jungen, aber er sprach lauter: er war wohl der kleinste unseres Rudels, aber auch der gebräunteste.

Er wagte alles und gewann – nichts.

Die Gedanken liefen ihm zu weit voraus.

***

Einmal hatte es nachts etwas gefroren. Über die seichten Grüppen zwischen den Wiesen glitten, "glinserten" wir mit großem Geschrei. Dann kamen wir an den breiten Landscheidegraben, der das hamburgische Finkenwerder von dem lüneburgischen Finkenwerder trennt. Unter der dünnen Eisdecke drohte die schwarze Tiefe.

Einige von uns warfen Steine und Kluten auf das Eis, andere hielten sich an den Erlen fest und versuchten, mit einem Bein auf der glatten Fläche zu stehen. Ganz hinauf getraute sich keiner, – nur Hans Hinnik. Der überlegte eben, wie er (wenn er drüben wäre) von der andern Seite abspringen wolle, maß fünf Schritte zum Anlauf ab, schnellte auf das Eis und – brach in der Mitte des Grabens ein. Wir hatten Mühe, ihn herauszufischen, denn er war mit dem Kopf unter das Eis geraten, – aber von dem Tage an stand er bei uns groß angeschrieben, und wir sorgten dafür, daß er bald auch bei den andern Jungens "as 'n fixen Kirl bi de Klütenpann" galt.

Diesen Ruf behielt er. "Jumpten" wir über die Gräben, und kamen wir dabei an breite Stellen, die keiner überspringen mochte, dann war Hans Hinnik es, der aus den Holzpantoffeln schlüpfte und mit Hurra in den Graben stürzte. Gab es Obst zu trollen, dann war Hans Hinnik es, der sich als erster über die Kastetten schwang und seiner Lage nicht entgehen konnte. Nahmen wir Krähen- und Elsternester aus, dann war Hans Hinnik es, der in den höchsten Baum kletterte und vier Wochen lang mit verbundenem Kopf umherlaufen mußte.

Seine Hasenjagd auf der Wisch, sein Storchangeln auf dem Fall, der Ochsenritt auf dem Westerdeich, die Binsenschiffahrt nach Nienstedten hinüber, – alles endete bös, aber als ein herzhafter Junge leuchtete er vor uns allen.

Ich sehe ihn noch.

***

Und auch das letzte von Hans Hinnik weiß ich noch so gut, als wenn es erst gestern gewesen wäre – und ist doch schon fünf Jahre her ...

Heiß und rauchdunstig war es in Madams Saal an jenem Sonntag. An den Wänden perlten helle Tropfen, die Fenster waren beschlagen, und unter der Decke sammelte sich das Gewölke.

Ornd, der schon an die dreißig Jahre

bei Klaus Mewes als Knecht fuhr, saß vorn am Tisch und högte sich, daß er zwei Wohltäter gefunden hatte, junge, lebensfrohe Fischer, die erst kurze Zeit mit neuen Kuttern unterwegs waren. Eigentlich waren es Judas-Silberlinge, denn er hatte ihnen heimlich verraten, daß Guste Mewes diese Reise mit zur See führe. Er wußte wohl, daß beide bannig nach der blonden Deern guckten, und weil er das Geheimnis lediglich deshalb preisgab, um ihr die Seefahrt so moi wie möglich zu machen, so wollen wir keinen Seeamtsspruch über ihn fällen, über den Schalk von Ornd mit dem faltigen, glatten Gelehrtengesicht.

Guste stand hoch und stolz in der Reihe der andern geschmückten Mädchen und sprach mit ihren Freundinnen. Nach den Junggästen zu gucken, die die andere Seite des langen Saales einnahmen, hatte sie nicht nötig. Ihre festen Tänzer, junge Kutterschiffer, waren ihr gewiß. Unter einem Kutter und unter einem Schiffer tat sie es nicht, und die bevorzugten Fünf oder Sechs sorgten auch schon selbst hinlänglich dafür, daß kein Knecht oder gar ein dreister Koch an sie kam. Wen sie am liebsten hatte, blieb allen verborgen: mehr als gelacht und gescherzt hatte sie eigentlich noch mit keinem, von einigen Gutnachtküssen abgesehen.

Frei war sie, und frei war auch ihr Blick. Ein starkes, blühendes Geschöpf, kerngesund, dazu wetter- und seefest. Das vor allem war ihr Stolz, denn darin war sie allen Mädchen vom Deich voraus, die die See noch kaum gesehen hatten. Guste aber war noch jeden Sommer einige Reisen mit hinaus gewesen.

Es freute sie, daß es morgen wieder seewärts gehen sollte, und sie dachte mit Wohlgefallen an die See und an die lustige Fischerei. Da draußen um Helgoland war es besser als hier, wo sie sich begaffen lassen mußte wie eine auf der Bühne!

Vor der Schenke stand Hans Hinnik und rührte angelegentlich seinen Grog um. Er war spät gekommen und hatte noch kein einziges Mal getanzt. Eigentlich hatte er überhaupt zu Haus bleiben wollen, aber seine Mutter hatte ihn weggejagt, damit er einmal unter Leute komme und sich auch einmal als Schiffer zeige. Denn Hans Hinnik hatte sich einen Ewer von Blankenese gekauft: zwar war es nur ein alter Kasten, aber es war doch immer ein Ewer.

“Schullst man een utgeben up dien nee

Schipp," lachte einer, der früher mit ihm zusammen gefahren hatte, aber Hans Hinnik löffelte ruhig seinen Grog und kehrte sich nicht an den Spötter.

Als er indessen gleich danach die hintere Wand des Saales betrachtete, nach Kindergewohnheit, da kam es ihm vor, als seien aller Augen auf ihn gerichtet, den Schulhäuptling, als wunderten sie sich alle, daß er so untätig und still dastand, und als erwarteten sie eine Tat von ihm. Er dachte weiter darüber nach und nahm sich vor, ihnen einmal etwas vorzutanzen. Sein Blick überflog die bunte Reihe der Mädchen und blieb an Guste Mewes hängen, der besten Deern. Er hatte noch niemals mit ihr getanzt, obgleich sie als Kinder viel zusammen gespielt hatten, aber heute, wo er Reeder und Schiffer geworden war, wollte er einmal mit ihr tanzen. Das schien es auch zu sein, was sie von ihm erwarteten, oder er kannte sie schlecht.

Mit eins trat er in die Mitte des Saales und rief laut gegen die Musikantentreppe:

"Walzer!"

Viele hörten es und sahen ihn belustigt an.

"Hans Hinnik will danzen, Hans Hinnik will danzen! ... Du, lapp man nich de Snut ... Krieg man keen Dreucheber vör 'n Steven! ..." Derart waren die Zurufe, die ihn umschwirrten. Die Musik fing mit lautem Gebumm an zu spielen, und Hans Hinnik bahnte sich einen Weg durch die andrängenden Mädchen, bis er vor Guste stand. Etwas scheu, aber auch trotzig, nickte er ihr zu mitzutanzen; aber sie tat, als sähe sie ihn nicht, und winkte Jan Greun heran, der mit Ornd am Tisch saß. Jan stand auch sofort auf und kam heran. Als ob nichts geschehen sei, nahm Guste dessen Arm und trat mit ihm vor.

Hans Hinnik stand da wie ein Narr und begriff das Spiel, das mit ihm getrieben wurde. Heftig faßte er Guste an: "Wullt du nich mit mi danzen?" fragte er laut, daß es der halbe Saal hören konnte.

"Jan is eher kommen," gab Guste scharf zur Antwort.

"Dat is nich wohr, Guste," schrie Hans Hinnik erregt, aber Jan schob ihn nachdrücklich an die Seite, lachte breit und laut und sagte mit gutmütigem Spott: "Danz du man mit dien Zegenbuck!"

In diesem Augenblick legten die Musikanten mit gewaltiger Lungenkraft los, wie sie stets zu tun pflegten, wenn ein

Streit im Saal entstand, und Hans Hinnik wurde von den tanzenden Paaren fast umgerissen.

Als aber der Schnellwalzer zu Ende war, standen die beiden jungen Seefischer einander Aug in Aug gegenüber.

“Jan Greun, du müßt nich meenen, wat du *allens* moken kannst,” sagte Hans Hinnik, sich mühsam beherrschend, aber der riesige Jan lachte ihn aus: “Ruhig Blot, Hans Hinnik, anners kriegst du de Utsettung!”

“Wullt free Deel?” fragte da aber Hans Hinnik ausbrechend, und Jan sagte vergnügt: “Jo! Kumm man her, wenn du ’n Kirl büst!”

Freedeel, – der alte Schlachtruf pflanzte sich im Saal fort, und das Tanzen hörte für eine Weile auf. Die Spielleute legten die Blasdinge weg. Die Deerns stellten sich auf die Stühle und Tische, damit sie besser sehen konnten. Die Jungen aber drängten zusammen und schlossen einen weiten Kreis um die beiden Kampfhähne, damit keiner ungerechten Beistand erhalte. Gleichwohl bildeten sich erregte Gruppen hin und wieder. Auch die Friedensstifter waren am Werke.

Zuerst hatte es ein großes Gelärm und

Hallo gegeben. – nun wurde es aber allmählich stiller und stiller.

Denn was sich fassen wollte, waren keine Handwerksburschen. Das waren auch keine unvernünftigen Jungen, die nach dem ersten Glas Grog übereinander herfallen.

Jans riesenhafte Kraft war bekannt am Deich. Er zog ein Boot allein aufs Bollwerk und schleppte den schweren Hamenanker fünfzig Schritte weit, und wenn es sein mußte, hievte er auch die Kurre ohne Hilfsmann ein, – niemand mochte mit ihm anbinden. Aber auch dem gewandten, stewigen Hans Hinnik trauten sie etwas zu. So erweckte diese Schlägerei eine große Spannung im Saal.

Hans Hinnik schüttelte trotzig den Kopf, dann riß er sich von den Männern des Friedens los und ging Jan auf die Jacke. Es wies sich bald, daß er dem Riesen nichts anhaben konnte. Wie er auch zuschlug und sprang, wie er auch riß und zerrte: fest, wie auf seinem Deck, stand der große Jan auf dem glatten Saal und ließ seinen Gegner ruhig in Schweiß kommen.

So rangen sie lange miteinander, bis es dem Kleinen gelang, dem Großen einen heftigen Stoß unters Kinn zu versetzen.

Da gröhlte Jan Greun laut wie beim Rüschen mit der Kreek: “Reine Bohn! Arms und Been köst Gild!” – und kegelte Hans Hinnik den Saal entlang, daß es zu hören war. Hans Hinnik warf sich blitzschnell mit dem Gesicht auf den Boden und bedeckte sich mit den Händen den Kopf, um die Fäuste nicht so stark zu fühlen.

Jan kniete auf seinem Rücken und hatte ihn mit der Linken im Genick gepackt. Die Rechte hob er zum Schlage.

Da nahm aber ein großer Haufe der Junggäste den Part des Unterlegenen: “Jan Greun, lot em los!” scholl es drohend.

“Kommt ji ok man noch mit her,” rief der Riese, “denn is’t een Afwaschen!”

In diesem Augenblick trat aber auch Guste Mewes dazwischen. Sie hatte sich in den Kreis gedrängt und beugte sich zu Jan nieder: “Lot em los, Jan,” bat sie dringend.

Auch Jakob, der zweite von Ornds Wohltätern, legte sich ins Mittel: “Fierobend, Jan,” sagte er.

Da stand Jan auf, wieder Herr über sich, und drückte Guste die Hand.

Die Musik fiel brausend ein, und der Ring löste sich.

Hans Hinnik aber schlich gesenkten Hauptes hinaus und wriggte unter dem schweigenden, sternklaren Heben nach seinem Ewer hinaus.

Er wußte nicht, wer im Saal für ihn eingetreten war; und daß sein Heldentum unter den Junggästen zu neuen Ehren gekommen war; daß sie wieder anfingen, seinen Mut zu rühmen, das wußte er auch nicht. Er glaubte, sie lachten nun alle über ihn, und kroch beschämt in seine Koje.

***

Es war noch nicht Hochwasser am andern Morgen, da standen auf Klaus Mewes' Kutter schon alle Segel, und das Geklapper der Ankerwinde schallte lustig über die Schallen und Fallen. Guste ging auf dem Deck auf und nieder und blickte nach dem Deich mit seinen Linden und Eschen, der mehr und mehr zusammenschrumpfte, wie die Elbe sich erweiterte und vergrößerte.

Wie ein Traum aber ging der gestrige Abend ihr durch den Sinn, und er verflog auch jetzt im hellen Sonnenschein noch nicht ganz. Sie war nicht recht zufrieden mit sich selbst.

Der Wind war so südlich, daß sie schier dalsegeln konnten, und so schlank, daß der prächtige Kutter mit guter Schnelligkeit elbabwärts segelte. Neben ihm flimsten Jan und Jakob mit ihren stolzen Fahrzeugen. Guste hatte erst ein wenig die Unterlippe hängen lassen, als sei es ihr nicht recht, daß ihr Geheimnis verraten war, aber dann erwiderte sie doch den lauten Guten Morgen der beiden Junggäste und freute sich, daß sie nun auch auf See Nachbarskinder um sich haben sollte.

In ihren weißbunten Buscherumpen standen die beiden da und hielten sich viel aufrechter als sonst, sie befahlen ihren Leuten auch viel mehr und viel lauter als zu anderer Zeit, so daß die kluge Guste mitunter laut auflachen mußte.

Hinten vorm Fleet und vor dem Nienstedter Fall erschienen Segel über Segel, und eine Menge von Ewern und Kuttern folgte den dreien. Aber deren Vorsprung war zu erheblich, und es waren zu gute Segler, als daß sie hätten eingeholt werden können. Auch die aus dem Schatten des Süllbergs hervorgleitenden Blankeneser Ewer blieben zurück.

Es war ein schöner und zugleich machtvoller Anblick, die vielen braunen

Segel und bunten Steven auf dem Wasser stehen zu sehen, und Ornd konnte es nicht lassen, Guste darauf aufmerksam zu machen.

“Dat hett doch wat up sik mit Finkwarder,” sagte er schmunzelnd, und Guste nickte ernsthaft.

Der Wind frischte auf. Als sie bei Schulau um die Huk bogen und die Schoten weiter wegfieren konnten, kamen die ganzen Lappen aus Sicht.

Sie blieben aber nicht lange allein, denn bald nachher puddelte sich ein kleiner, schwarzer Ewer um die Ecke und schob sich langsam, aber ständig näher. Alle Segel standen, – vom Klüver bis zum Nackenhut. Aber was für Segel waren das? Grau und braun und weiß und gries, über und über mit großen Flicken bedeckt und doch zerrissen. Und das Fahrzeug erst: wie sah es aus! Der Bug mochte zu Störtebekers Zeit einmal weiß gewesen sein, nun aber hatte er sicher schon jahrelang keinen Teer und keine Farbe mehr gesehen und erinnerte, ebenso wie der ganze Rumpf, an ein altes Bollwerk.

Klaus Mewes lachte, daß eine Schar von Möwen aufflog, die auf dem Wasser geschlafen hatte: “Dat is Hans Hinnik mit sien Admirolsschipp.”

Jan fand es auch sehr spaßig. “Hans Hinnik mit sien Amerika,” gröhlte er herüber.

Auch Jakob mochte sein Vergnügen daran haben. “S.M.S. Hans Hinnik,” rief er laut.

Der alte Ornd aber lachte nicht mit.

“Dat is Hans Hinnik,” sagte er ernst und bedeutsam.

“Hans Hinnik?” frage Guste, und auch sie konnte nicht lachen. Wohl sah der Ewer ärmlich und erbärmlich aus, aber zum Lachen war das nicht.

“Jo,” sagte Ornd, “den Eber hett he sik ihrgüstern van Blanknees köft.”

Da erschrak Guste heftig, denn nun wußte sie mit einem Male, warum Hans Hinnik sie gestern abend zum Tanz aufgefordert hatte. Vorher hatte sie gemeint, der Grog sei ihm zu Kopf gestiegen gewesen.

“So’n lütten, scheeben Putt to fief Groschen,” spottete Klaus, da kam er aber bei seinem Knecht schlecht an: “Beter ’n lütt Schipp as gor keen,” sagte er laut, “beter ’n Groschen bor betoln as ’n Doler schüllig blieben!”

“Mit de Dodenkist güng ik nich no

See," ließ sich der Junge vernehmen, der zeigen wollte, daß er auch schon ein fahrensmännisch Gespräch führen könne, "de leckt as 'n Sift un is mörr un verrott, un de Seils könnt jeden Ogenblick dol dönnern."

"Hans Hinnik is nich so'n Bangbüx as du un dien Sippschupp," wies aber Ornd ihn zurecht. Er hielt sonst nicht viel von Hans Hinnik, weil der vom andern Ende des Deiches stammte, was ihm gleichbedeutend mit Butenlanner war, aber daß der Junggast mit seinen paar Schillingen den alten, morschen Seelenverkäufer angegriffen hatte, den kein Mensch hatte haben wollen und der kaum noch Feuerholz abgab, – das galt bei Ornd, der schon dreißig Jahre auf ein eigenes Fahrzeug hinsteuerte und es nicht hatte und es nicht kriegte.

Die geflickten Segel näherten sich immer mehr. Der alte Putt von Ewer erwies sich als ein ganz ausgezeichneter Segler. In einem Abstand von 20 Faden überholte er langsam den Meweskutter, und die helle Sonne beschien erbarmungslos all seine Risse und Schrammen.

Guste wollte wegblicken, aber sie vermochte es nicht. Mit Gewalt zog es ihre Augen nach dem alten Schiff hinüber, und sie konnte nicht anders, sie mußte Hans Hinnik ansehen.

Er stand an Steuerbord auf den Luken und war mit Knütten von Kurren beschäftigt. Mit Eifer war er dabei. Nadel und Scheger flogen herüber und hinüber, und Masche reihte sich an Masche. Daneben aber überflog er das Fahrwasser und die Segel und gab dem Rudersmann an, wie er zu steuern hätte.

Da mußte auch Guste sich wundern, denn daß ein Schiffer auf der belebten Elbe, unter Segel, mit den Augen steuerte und mit den Händen knüttete, das hatte sie noch niemals gehört und gesehen.

Und hätte nicht der Ärger über den unheimlichen Segler die Oberhand bei ihrem Vater gehabt, so hätte der wohl laute Bemerkungen darüber gemacht. So aber schwieg er.

Gerade, als Mast auf Mast stand, blickte Hans Hinnik nach dem Kutter hinüber und sah Guste an. Groß und fragend, als sähe er sie zum erstenmal und als wunderte er sich über sie. Und sie blickte nicht zur Seite: ruhig und groß erwiderte sie seinen Blick. Das war ein Augenblick der Herzen. Gustes Augen baten: vergib! Er verstand es, und seine

Augen leuchteten auf. Da lächelte sie ganz geheim.

Den nächsten Augenblick aber war das alles vorüber. Die Gaffeln knarrten, das Wasser schäumte, und Hans Hinnik wandte sich wieder seiner Kurre zu.

Der kranke Ewer riß die Führung an sich. Da wurde es doch stiller auf den Kuttern. Daß sie sich von dem Jammerkasten schlagen lassen mußten, war um so ärgerlicher für Jan und Jakob, als es vor Gustes Augen geschehen war.

Guste aber überkam eine kindliche Fröhlichkeit, über die sie sich selbst nicht klar werden konnte und die ihrem verdrießlichen Vater ein vollständiges Bilderrätsel war.

***

Dwars von Wangeroog fischten sie nun schon drei Tage nach Schollen inmitten von vielen andern Finkenwerder, Blankeneser und Kranzer Fischerfahrzeugen. Der Fang war nicht schlecht, er brachte zehn Stiege im Streek, aber gut konnte man ihn auch nicht nennen, zumal die Schollen auch nur klein und mager waren. Guste hatte in diesen Tagen oft den Kieker vor den Augen gehabt und die weite See abgesucht, hatte auch manches bekannte Fahrzeug entdeckt, aber von dem kleinen, schwarzen Ewer hatte sie nichts erblicken können.

Gegen Abend wurde es schwül und so totstill, daß das Kurren aufgegeben werden mußte. Im Westen stiegen blaue Wolkenmassen aus der See, in denen es mitunter schon schwach aufleuchtete. Auf der langsam und schwer atmenden See schwammen die schwarzen Tümmler, und ab und zu tauchte der Kopf eines spähenden oder luftholenden Seehundes auf. Die Möwen flogen nach Süden, und auch die Ewer zerstreuten sich nach und nach: so daß nur die drei Kutter noch beisammen waren, als es anfing, zu dämmern.

Alle Segel hatten die Fischer einstweilen noch stehen lassen. So dümpelten und kreisten die Fahrzeuge umher, völlig willen– und wehrlos in der Gewalt der Meeresströmung.

Bei Klaus Mewes saßen sie zu viert auf den Luken und waren beim Abendbrot. In der Kajüte war es zum Ersticken heiß.

Guste aß kaum. Immer wieder spähte sie über das Wasser und suchte nach dem Ewer. Ihr graute vor der kommenden Nacht, und sie wünschte doch das Gewitter herbei, damit sie wieder frei atmen mochte. Am Deich hatte sie lächelnd vor dem Fenster gestanden und ruhig in den Blitz gesehen: aber hier, auf einem kleinen Stück Holz, kam doch eine große Furcht über sie.

Da hinten - im Westen, wo es weiß aufzuckte, da war wohl auch der Sturm schon unterwegs, und ein kleiner Ewer mühte sich wrack und leck mit der Dünung ...

Da – ein wirbelnder Wind strich in kurzen, warmen Stößen über die See und starb, wie er geboren war. Die Fischerleute hatten schon die Hände an die Taue gelegt, denn beim Gewitter werden alle Segel niedergeworfen: jetzt besannen sie sich noch eine Weile.

Die Lichter wurden angesteckt, und ihr müder Schein spiegelte sich auf der Dünung.

Der Windstoß aber hatte ein Fahrzeug mitgebracht, das nun aus der Schummerei herantrieb. Es war ein Ewer, wer es aber war, ließ die zunehmende Dunkelheit nicht erkennen.

Mit ihm aber krochen die Wolkenberge aus dem Wasser, stiegen höher, und dann griff es mit Riesenarmen über den ganzen Himmel. Eine neue Windflage schnob heran und harfte das Vorspiel auf den Wanten. Donnernd und schlagend flogen die Segel auf Deck und Luken nieder, und kahl ragten die Masten und Taue in die Nacht hinein.

Der fremde Ewer klüste näher, und auch auf ihm fielen die Segel.

Als Guste durch das Nachtglas guckte, erkannte sie deutlich und mit großer Freude, daß es Hans Hinnik war. Er lebte, lebte!

Hans Hinnik! Da, – wenn die Blitze leuchteten und See und Schiff wie mit Geisterhänden in die Höhe hoben, dann erkannte sie ihn. Er stand unter den Giekbäumen und riß die Segel zurecht. Als er mit seinen Leuten das getan hatte, band er sich eine Laterne an die Wanten und fing wieder an, Kurren zu knütten.

Wie mochte er bei so schwerem Wetter noch arbeiten?

Rollend, in immer kürzeren Abständen, hallte der Donner über die See, und die ersten, großen Tropfen prasselten auf das Deck. Da warf Hans Hinnik seine Kurre unter das Grotseil, stülpte den Südwester auf den Kopf, zog den Ölrock an und ging auf dem Achterdeck auf und ab.

Guste sollte in die Kajüte, aber sie

wollte nicht. So mußte sie denn in den geölten Rock hinein und bekam einen Südwester aufgesetzt.

Der Heben tat sich auf, und der Gewittersturm brach in einer gewaltigen Flage herein. Die See erwachte aus ihrem Halbschlummer und setzte sich weiße Kronen auf, damit sie ihrem wilden Freier gefalle. Wie Nußschalen trieben die schweren Fahrzeuge hin und her und kamen ziemlich weit auseinander. Aus allen Ecken quollen die Blitze, und die Masten klangen bei den schweren Donnerschlägen, als sei mit der Axt daran geschlagen worden.

Hans Hinnik hatte sich an den Setzbord gestellt, möglichst weit aus der gefährlichen Nähe der Masten, und sah starr nach dem Kutter hinüber, denn er hatte Klaus Mewes inzwischen gesichtet.

Nun war es völlig Nacht. Eine Wind- und Regenflage jagte die andere. Steil über ihnen stand das Gewitter und entlud sich mit gewaltiger Heftigkeit. Auch die See kam immer mehr in Wallung.

Es war eine böse Gelegenheit.

Plötzlich flammte im Süden ein roter Feuerschein auf und glomm unheimlich durch Nacht und Sturm.

“Wat is dat?” fragte Guste ängstlich.

"Up Wangeroog brinnt 'n Hus," antwortete Ornd, aber Klaus schüttelte den Kopf: "Up Wangeroog? Wi sünd wiet af. Dat is 'n Schipp, dat fluckert up!"

"Man god, dat wi dat nich sünd," rief der drooke Junge.

"Is dor nich to hilpen?" fragte Guste.

Ihr Vater verneinte es: "Nee, bi dütt Wedder nich. Wenn ik 'n groten Damper ünner de Feut harr, denn kunn't woll angohn."

Guste sah nach dem Ewer und schrie gellend auf: "Hans Hinnik! Hans Hinnik! He will hin!"

Und wirklich: drüben auf dem Ewer war es lebendig geworden. Die Fischer liefen hastig hin und her. Schon stieg die Fock wild klappernd am Stag auf. Dann schlug das Grotseil wie ein tolles Roß um sich, und dann kam die Besan in Wind und Wut. Alles ging in größter Eile vor sich. Schon drehte sich der Ewer, schon reckte er seine Segel, über die die andern so gelacht hatten. Hans Hinnik flog nach dem Ruder und band es fest. Die Segel fielen voll, und die Sturmflage warf sich mit solchem Ungestüm darauf, daß das Fahrzeug fast platt aufs Wasser gedrückt wurde. Dann aber luvte es etwas auf und schäumte durch die Seen. Hart an dem Steven des Kutters brauste es vorbei wie der fliegende Holländer.

Guste klomm vornschiffs.

“Hans Hinnik! Hans Hinnik! Bliew hier! Bliew hier!” rief sie angstvoll.

Er hörte es aber nur halb und nahm es für einen Gruß.

“Guste, Guste!” rief er laut und gellend zurück, und es klang beinahe freudig.

“Wat wullt du?” gröhlte Klaus Mewes.

“He schall nich los. He kummt nich wedder!”

“Kann ik em holn, Diern?”

Der Ewer ging in der Nacht aus den Augen, und der rote Feuerschein schien allmählich zu verlöschen.

***

Es soll eine ostfriesische Tjalk gewesen sein, die “Jantjedina” von Westrhauderfehn, mit Getreide von Brake nach Lübeck bestimmt, die in jener Nacht auf hoher See verbrannt ist.

Der schwarze Ewer, der ihr zu Hilfe geeilt war, wie die drei Kutterschiffer bekundet haben, ist längst vom Hamburger Seeamt für verschollen erklärt worden.

Hans Hinnik hat sich aus jener Gewitternacht nicht wieder an den sonnigen Tag gegeben. Seine Segel waren zu mürbe gewesen, und seine Planken hatten den anprallenden Seen nicht standhalten können: so konnte er es mit dem schweren Sturm wohl aufnehmen, aber er mußte ihm unterliegen.

***

Und auf seiner letzten Fahrt war ihm eine Rose erblüht.

Er aber wußte nichts von ihrem Duft, ... der wunderliche Mensch, der alles wagte und nichts gewann.

Karen

In *einem* Atemzuge schnob der Nordwest von Esbjerg nach Kopenhagen: so klein war Dänemark in dieser Sturmnacht geworden. Nur als die Fackel auf der See erlosch, hart an der jütischen Küste, die zitternde, schwankende Notfackel, als die grauen Segel jäh aufs Wasser schlugen, da ward es urplötzlich stiller, und es schien, als müsse der Wind sich besinnen. Wo eben noch der gewaltige, wilde Nordlandswolf geheult hatte und umhergesprungen war, lag eine riesenhafte, graue Katze auf der Lauer.

Fünf weiße Häuschen, die in der Dünenmulde standen, waren die Mäuse, die sie nicht aus den Augen ließ. Und kaum, daß einer zehn zählen konnte, richtete sie sich pfauchend und zischend auf. Der aufgewühlte Dünensand hagelte schwer gegen die Fensterläden. Lange, wehe

Klagetöne hallten um Dächer und Giebel. Die See aber schrie noch zorniger gegen die Wolken, hob die weißen Häupter noch höher und rollte noch wilder über den Strand.

Es war Flut geworden.

***

Das kleine, gelbe Nachtlicht wurde unruhig.

Ein großes, starkes Mädchen stand neben dem Tisch und band sich die Flechten auf. Eine Weile guckte sie fragend in den Spiegel und dachte: bist bald alt geworden, Karen! – dann suchte sie Rock und Jacke und zog sich dick und warm an. Sie band ein schwarzes Wolltuch um den Kopf und zog Handschuhe an.

Das Gekeuch des Windes und das Gebrüll der See hatten sie geweckt.

“Karen!”

Niels streckte sein bärtiges Gesicht aus den roten Kissen und richtete sich halb auf. Verschlafen sah er sie an.

“Flut.”

Sie hatte sich eine Tasse Kaffee eingegossen und trank langsam.

Er brummte etwas Undeutliches, dann stieß er den neben ihm schnarchenden Jens an und rüttelte ihn wach.

“Flut, Jens. Steh auf, Jens. Mach dich klar, Jens.”

Aber Jens schalt und knurrte. “Laßt mich schlafen. Morgen – nachher – gleich – ja, ja.”

“Dann haben die andern den Strand rein,” brummte Niels, aber Jens schnarchte und war nicht wieder zu ermuntern.

“Allein geh’ ich auch nicht los,” sagte Niels und legte sich die Kissen zurecht. Es war unter der Decke doch wärmer als draußen.

“Leg dich auch wieder hin. Schlaf noch ’ne Stunde oder zwei ... meinetwegen ... zwei ...”

Aber das Mädchen schüttelte den Kopf und ging hinaus.

“Wenn was da ist, holst uns,” rief Niels ihr nach und hörte noch im halben Traum, wie die Tür klappte und der Wind aufheulte. Zugleich fühlte er, wie die Kälte hereinschlug, und er zog ohne Bedenken die Beine etwas höher und steckte den Kopf tiefer unter die Decke. Dann flog die Tür zu und es wurde stiller.

Karen tastete vornübergebeugt über die Dünen nach dem Strand. Der Wind war so stark und so kalt, daß er ihr fast den Atem benahm und sie sich dann und wann umdrehen mußte. Wie scharfer Schnee schlug der Sand ihr ins Gesicht. Erst als sie den Strand erreicht hatte, wurde es besser.

Es war tiefdunkel. Kein Licht. Und die See war nicht weit zu sehen. Nur fünfzig Faden weit leuchteten die weißen Köpfe. *Ein* Brausen und Keuchen und Zischen und Brodeln war die Luft, war die See. Das Wasser stieg rasch: der weiße Schaumstreifen wurde von jeder See höher an den Strand gespült.

An diesem Strich entlang ging Karen und bückte sich, wenn sie etwas Dunkles gewahr wurde. Dann stieß sie mit den Füßen an, zu erfahren, was es sei. Alles Holz las sie auf und steckte es in einen Sack, den sie unter dem Arm trug. Tang und Muscheln lagen viel da, – weiter auch fast nichts.

Als es Morgen werden wollte, hatte sie immer noch keine Tracht.

Hinter den Dünen erschien ein grauer Streifen, der höher und höher gekrochen kam.

Der Sturm raste mit voller Kraft. Drohender und gewaltiger schüttelte die See ihre Stierhäupter.

Kein Holz, kein Schiff, kein Wrack,

kein Notschuß, kein Feuer, – nur schwarzes Wasser und weißer Schaum.

Sie blieb stehen ... Da trieb etwas, ... etwas Dunkles, Undeutliches, Unförmiges, ... es kam näher. Aus Gewohnheit hielt sie die Hand über die Augen, wie sie an hellen Tagen oft getan hatte, wenn Sonnenschein um Dach und Dünen brannte und die Luft flimmerte.

Es konnte ein Schiff sein, ein Kahn wohl oder ein Boot.

Das Seeräuberblut regte sich in ihr, ungeduldig lief sie am Strand auf und ab. Ihre scharfen Augen unterschieden schon, ein Boot war es, voll Wasser geschlagen, eben daß es trieb und ausguckte. Nur wenn eine große See es auf den breiten Rücken nahm und dann zurücklief, ragte es höher auf. Langsam schoben die Seen es näher heran, und endlich saß es am Sand als Strandgut.

Erst wollte Karen zurücklaufen und den Vater Niels, den Bruder Jens rufen. Aber sie besann sich anders und tat es nicht. So ging es nicht: Die Nachbarsleute konnten unterwegs sein, fanden es und hatten es. Sie überlegte, was sie machen sollte, dann zog sie eilig ihre Schuhe aus und streifte die Strümpfe ab. Ihr schauderte vor Kälte. Aber was half das? Sie schürzte den Rock auf und watete mit zusammengebissenen Zähnen in das eiskalte Wasser.

Den Steven hatte sie erfaßt und schwang sich auf den Bordrand. Tastend suchte sie nach der Fangleine, um das Boot aufs Trockene zu ziehen, da stürzte eine riesengroße See heran und schäumte über das Fahrzeug hinweg. Sie war durchnäßt. Fast hätte sie das Gleichgewicht verloren, aber sie hielt sich im letzten Augenblick krampfhaft an der Ducht fest.

Die See hatte es gut gemeint; als sie zurücklief, saß das Boot hoch auf dem Strand.

Wegtreiben konnte es nun fürs erste nicht mehr. Wenn sie noch den Anker aufs Land brachte, war das Strandrecht gewahrt, und sie konnte Hilfe holen.

Sie wollte es. Es war so bitterkalt.

So kalte Hände hatte sie.

Sie schauderte vor sich selbst. Wie Totenhände waren sie, wie *fremde* Hände. Plötzlich fühlte sie eine andere Hand, ... ein Fremder war bei ihr im Boot, ... ein Toter ... Als gehöre es sich so, fühlte sie die Haare, die Nase, den Mund, ... als wenn sie träume ...

Wollte es denn nicht Tag werden?

Über den Dünen wurde es doch schon hell ...

Sie drehte sich wieder um und suchte nach der fremden Hand. Dann zog sie den Toten halb aus dem Wasser und legte ihn mit dem Rücken auf die Ducht.

Der stille Mann war schwer.

Er steckte in Ölzeug. Der Südwester hatte sich in den Nacken geschoben. Die Augen waren weit geöffnet und das Gesicht schneeweiß. Die Lippen waren fest geschlossen.

“Jung,” dachte sie, als sie keinen Bart sah.

Um die Hüften war das Bootstau geknotet, – so waren Boot und Mann zusammengeblieben.

“Wer bist du?” murmelte Karen und beugte sich tiefer über ihn, um seine Züge zu erkennen, aber der Tag war noch zu grau.

Wieder schlug eine große See klatschend über den Setzbord.

Da ließ sie die Hände los und löste das Tau. Auf ihren starken Armen trug sie den Toten durch das Wasser und bettete ihn auf das Dünengras. Leise und scheu strich sie ihm das Haar aus dem Gesicht und schaute verwundert in die hellblauen Augen. Verwundert ... einen kurzen Augenblick.

Dann stand sie auf und machte sich wieder mit dem Boot zu schaffen, über das die See fortwährend schäumte. Sie zog es etwas höher, dann entdeckte sie eine Pütz unter den Duchten und machte sich daran, das Wasser auszuschöpfen. Wenn auch die Seen immer wieder hereinschlugen und sie bei dem Winde kaum auf der Ducht stehen konnte, es glückte ihr doch, und als das Boot erst Luft hatte, kam es so weit leer, daß sie auf den Lohnen stehen konnte.

Das Boot war fast neu. Sie beugte sich über den Achtersteven. "Gesine von Hamburg" stand da. Von Hamburg, von Deutschland, dachte sie und sah nach dem Toten hinüber.

Es war Tag geworden, – sie gewahrte es und hielt inne. Dann sprang sie hinaus und zog das leere Boot so hoch auf den Strand, wie sie konnte, band das Tau um einen herangeschleppten Felsen und lief die Dünen hinan. Der Wind wehte sie hinauf.

Oben auf der Höhe kam es über sie, als habe sie etwas vergessen; sie mußte sich umdrehen und nach dem Toten gucken.

So sonderbar war ihr zumute. Erst

hatte sie sich gefreut, Vater und Bruder den Fund zu melden; nun war sie beklommen, war es ihr nicht mehr recht, was sie tat.

Sie sah von oben mit einemmal auf ihr Leben hinab, auf ihr graues, stumpfes Leben. Ein Tag war wie der andere gewesen. Und die Gesichter immer dieselben. Eine Arbeit, ein Schelten und ein Gespräch. Immer das Alte, keinen Tag etwas Neues. Fünf Häuser waren es, und fünf Häuser blieben es. Und auf den Dünen wuchsen ewig keine Blumen. So war es immer gewesen, und sie hatte es nicht gewußt: nun aber kam es über sie. Draußen auf der See, ganz weit hinten, daß sie eben noch zu sehen waren, gingen mitunter Schiffe vorbei: Segelschiffe und Dampfer. Die Segel erschienen so weiß und rein, und der Rauch stieg steil in die Luft. Da war die Welt, da fing sie an: da sangen und lachten die Menschen und trugen schöne Kleider. Wie oft hatte sie als Kind barfuß auf dem Sand gestanden und gewartet, daß ein Schiff, ein einziges nur, heransegele und sie abhole. Aber alle zogen vorbei und kamen ihr aus den Augen. *Einer* mußte kommen, einer, der anders war, als die sie kannte, der lachen und singen konnte, der sich freute und sie bei der Hand nahm, der ihr erzählte und sie fragte. Der hatte immer kommen sollen und war nicht gekommen.

Sie schauderte, ... da hinten lag einer mit hellblauen Augen, ... ob er es war, der zu ihr gewollt hatte?

Sie wollte nicht – und trat doch ins Haus.

"Vater! Jens!"

Der buschige Schopf wurde zuerst sichtbar.

"Was ist los?"

"Ein Toter, Vater."

"Weiter nichts?"

Niels wollte sich schon wieder umdrehen.

"Ein Boot auch."

Das half. Niels richtete sich auf.

"Ein Boot?"

Er stieß Jens heftig an.

"Ein Boot, Jens! Aufstehn!"

Das ließ sich selbst Jens nicht zweimal sagen.

Niels stand schon in der blauen Unterhose da und suchte nach seiner seemännischen Ausrüstung. Zwischendurch fragte er in einem fort: "Wo ist es? ... Neu? ... Treibt es noch? ... Oder sitzt es schon auf Land? ... Was steht dran? ... Und der Tote? ... Was für Zeug?" ...

Jens war auch bald reisefertig, und alle drei wateten durch den Sand. Niels war guter Laune und erzählte von Schiffen und Gütern, die in früheren Jahren angetrieben waren. Daß der Sturm ihm fast den Mund verschloß, störte ihn nicht.

Karen wies mit der Hand: “Seht! Da!”

Karen war stehengeblieben. “Vater!”

Niels drehte sich um. “Was willst du?”

“Dem Toten müßt ihr seine Ruhe lassen. Den dürft ihr nicht anfassen. Versprecht mir das!”

Jens lachte höhnisch. “Dumme Deern! Wenn das Zeug mir paßt, zieh ich's an. Der braucht nichts mehr.”

Niels hustete.

“Und wenn wir ihn melden, müssen wir ihn beerdigen lassen und vom Boot bleibt nichts nach. Wir begraben ihn in den Dünen und damit gut.”

Jens schüttelte den Kopf. “Seemannsgrab, Vater, Seemannsgrab. Das wünscht sich jeder Matrose.”

“Das tut ihr nicht! Das nicht! Versprecht mir das!” flehte das Mädchen. “Das dürft ihr nicht. Hört ihr?”

“Mach doch nicht so'n Lärm um den toten Mann,” knurrte Niels. “Freu dich, daß wir'n Boot haben.”

“Dann geh ich nicht mehr mit,” drohte Karen.

“Geh meinetwegen nach Haus und koch Kaffee,” sagte Jens gleichmütig. “Wir können’s allein.”

Karen begann mit großen Schritten zum Strand zu laufen.

“Willst du hierbleiben!” rief Niels, aber Jens sagte trocken: “Laß sie laufen!”

“Was hat sie mit einemmal?”

“Mag der Deubel wissen. – Das Boot sieht gut aus.”

“Das können wir brauchen.”

“Nanu? Ist sie verrückt geworden?”

“Lauf, Jens, und halte sie auf.”

“Karen! Karen!”

Die beiden fingen an zu laufen, aber bei dem schweren Wind kamen sie in dem tiefen Sand mit den großen Seestiefeln nur langsam vorwärts.

***

Als sie am Strand ankamen, war das Boot schon ein gutes Stück vom Lande.

Karen stand auf der Ducht und schob mit dem Haken ab. Schwer haute der Steven in die Seen, und das Fahrzeug dümpelte gewaltig hin und her, aber das starke Mädchen zwang es.

“Karen! Karen!”

“Dumme Deern, komm her.”

Aber der Sturm verschlang jedes Wort, und Karen sah sie gar nicht; ihre Augen waren bei dem Matrosen, der still und friedlich auf den Lohnen lag.

Als sie weit genug war, kniete sie neben ihm nieder und faßte seine kalten Hände.

Und setzte sich so, daß die blauen Augen sie ansahen.

“Ich bring dich heim. Nach Esbjerg und nach Haus,” flüsterte sie und strich mit der Hand weich über seine Stirn.

Sie sah die fürchterliche Flage nicht herankommen und gewahrte die riesige See nicht, die das Boot wie einen Käfer auf den Rücken warf ...

Niels und Jens sahen es mit an.

Es war ein stürmischer Novembertag.

Vor Ostern

Hans Banidt las in der Bibel.
Er war grad vom Feld gekommen. Und vom Pflügen. Der dicke Schlick saß noch an seinen Schuhen. Die wollene Mütze hatte er abgesetzt. Mit aufgestützten Armen saß er an dem schweren Eichentisch und war mit allen Gedanken bei Johannes, dem vierten Evangelisten.

Auf dem Hof und um die Wurt wurde es still. Die Knechte ließen das laute Erzählen, und die Mägde gaben das Juchen auf. Das Vieh in den Ställen verhielt sich sinniger. Die Hühner kletterten schlaftrunken auf den Wiemen. Der Hund lag müde an der Kette und rührte sich nicht. Sogar die Sperlinge verlegten ihre Abendschule von den Lindenzweigen nach dem Katendeich.

Die Uhr tickte langsam und leise.

Peter, der alte Knecht, saß am Fenster.

Der sah die Sonne größer und roter werden und tiefer und tiefer sinken. Bis sie mitten auf der Elbe stand. Bis sie unterging. Dann guckte er um die Ecke nach dem jungen Bauern, der so alt und gelehrt aussah und doch nichts von der Welt gesehen hatte, kaum vom Hof hinuntergewesen war. Er sagte aber kein Wort, der alte Peter.

Still war es. Überall.

Nur in der Küche nicht. Da klapperten Pütt und Pann und Teller und Tassen.

Da war jemand, der es hild hatte. Da sang jemand. Helle Lieder, neue und alte.

Bunt aus der Reihe. Und ließ nicht nach.

Peter freute sich heimlich.

Der Junge hatte es aber doch spitz gekriegt.

"Mok de Kökendör mol to," sagte er, ohne aufzusehen.

Peter ging und tat es. Aber das half nichts. Der Gesang frischte auf wie der Wind bei der Flut und wurde nur um so lauter.

Es dauerte nicht lange, da ließ Hans sich wieder vernehmen:

"De Diern schall dat Singen noloten."

Wieder ging der Knecht die halbe Diele entlang und unterhandelte mit dem Feinde. Aber die Deern ließ das Singen nicht sein.

"Wenn se ne singen schall, kann se ok ne arbein, segg se."

Damit kam Peter zurück.

Hans las Kapitel sechs noch zu Ende. Dann wurde es ihm über, und er stieß die Tür auf.

"De Heidenlarm schall uphürn," scholl es laut und herrisch über den Flur.

Das half auf dem Stutz. Ein paar Teller klapperten noch nach, dann flog die Tür knallend zu, und es wurde still.

Hans Banidt konnte geruhig weiterlesen. Er tat es auch: aber lag es nun daran, daß das siebente Kapitel ihm nicht recht in den Kram paßte, oder daß die Schummerei schon zu hoch vor dem Fenster stand, oder daß da sonst eine kleine Käulnis über die Schallen gelaufen war: – genug, er kam nicht weiter als bis zum dritten Vers. Eine Weile sah er es noch mit an, wie die Reihen durcheinander liefen, dann stand er auf und ging hinaus.

Er wollte nach der Scheune und nach den Kälbern gucken. Aber als er niemand auf der Diele sah, dünkte ihn das nicht mehr so wichtig. Er blieb bei der Küchentür stehen. Ob die auch innen so braunrot gestrichen war? Das ging ihn wohl was an. Ganz gewiß. Er hatte die Klinke schon in der Hand, – aber die Küche war leer. Der Singvogel war ausgeflogen. Die Schüsseln standen noch da, und die Schürze lag groß und breit am Boden. So unklug, die feine Schürze so hinzuwerfen. Er mußte sich doch wohl bücken und sie aufheben. Glatt strich er sie auch mit den großen, braunen Händen. Und die Spitzen und Fransen am Hals betrachtete er lange mit besonderer Sachkenntnis. Behutsam hängte er sie an den Nagel, und wieder hallte sein schwerer Schritt über die lange, dämmerdunkle Diele. Niemand war zu erblicken. Die Leute waren wohl alle nach dem Deich gegangen und klönten mit den Fahrensleuten.

Die Fülltür stand noch sperrweit offen. Er machte sie zu und spähte wie zufällig über die Wurt.

Dann ging er langsam auf die Bodentreppe zu. Das war keine Art von der Deern, einfach alles stehen und liegen zu lassen. Mir nichts, dir nichts fortzulaufen. Er wollte es ihr sagen. Morgen. Denn heute kam sie ja doch zu spät. Oben in ihrer Stube konnte sie nicht sein. Das war gewiß. Er brauchte gar nicht zuzusehen oder hinzuhören. Nur damit er seiner Sache gewiß war, stieg er hinauf.

Im Fenster glomm das Abendrot. Und am Fenster stand die Deern. Zwischen den Truhen. Nicht in ihrer Kammer, im langen, braungetäfelten Saal, wo bei den großen Hochzeiten getanzt worden war. Da stand sie, nur im kurzen, roten Röckchen und im Hemd und kämmte sich ihr Haar, das dunkel und schwer auf den Schultern lag. Der Nacken schimmerte weiß aus den Spitzen, und die runden Arme waren rosig vom Schein des Abends. Sie guckte hinaus.

"Uuch, de Bur," fuhr sie plötzlich herum und lachte ihn an. Aber sie schrie nicht auf wie die andern Mädchen und lief nicht weg. Sie kämmte ruhig weiter.

Er zog die Stirn in Falten.

"Schomst di gor nix?"

Sie schüttelte übermütig den Kopf.

"Schomen? Weil ik lange Hoor un runne Arms hebb? Nee, Bur!"

Da holte er aber lang aus: "Weil du jümmer rümjuchs un springs un lachs. Lachen schimpt, Diern. Un mit jedeneen geihst los un freest mit em un leß di van Hans un Franz no Hus bringen."

So viel hatte er manche Woche nicht gesprochen.

Sie lachte.

“Ik bün *jung*, Bur.”

“Dat bün ik ok.”

“Du? Du? Mann, goh af! Du un jung? Du büst jo’n olen Knast, olen Kirl in ’n Löhnstohl. Lachs ne un spricks ne! Gott schall mi bewohrn!”

Sie sah ihn spöttisch an.

Da trat er einen Schritt näher und vergaß viel. Noch mehr aber lernte er hinzu. Sein Atem ging schwer.

Sie fühlte es wohl, und eine wilde Freude kam über sie. Das Weib in ihr stand auf. Wie im Traume drehte sie sich herum.

“Jung bün ik, Hans Banidt. Un den ik mag, den nehm ik.”

Es war etwas Heiseres in ihrer Stimme, denn sie war zu weit gegangen.

Da riß es auch den ernsten Bauern mit.

“Nämst du mi ok?” fragte er schwer.

So spricht kein Herr zu seiner Magd.

Sie sah ihn von der Seite an, so seltsam.

“Wenn du jung würs.”

“Ik *bün* jung,” brach es da jach bei ihm los, wie im Sommer der erste Donner über das stille Land hallt. Dann riß er sie in seine Arme und drückte sein Gesicht in ihr weiches Haar und fühlte den warmen Leib und wußte nichts mehr als:

"Du ... Du ..."

***

Im Heben leuchteten die Sterne, und wache Träume woben um die Pferdeköpfe am First.

***

Den andern Morgen aber schirrwerkte Hans finster und unzufrieden auf dem Hof und knurrte mit den Knechten und schalt, daß es zu hören war. Über die ganze Wurt hallte seine harte Stimme. Nichts war ihm recht. Die Knechte sahen ihn schief von der Seite an.

Geeschen stand am offenen Fenster. Die Sonne schien ihr ins Gesicht. Und die Deern lachte in sich hinein und summte vor sich hin und freute sich über das Geschimpfe des großen Bauern und dachte: "Ji schull'n 't man weeten."

Als sie zum Melken über die Diele ging, begegneten sie einander.

"Morgen, Hans Banidt," raunte sie leise.

Er nickte nur und sah in eine Ecke.

"Du denkst dor woll ober no, wanehr du no'n Pasturn hinwullt, wat?" neckte sie.

Da ging er batz aus der Tür.

Sie aber blickte ihm sinnend nach und strich sich das Haar zurück.

***

Als der Heben wieder mit Sternen besät war, gingen wieder junge Träume unter dem riesigen Strohdach um. Und die Nacht hatte flüsternde Stimmen.

***

Peter brachte das Mehl von der Mühle und die Nachricht, daß Angk, die Katenalte, krank war und sich hingelegt hatte.

Das war Geeschens Großmutter.

Hans schickte die Deern denselben Tag noch zur Pflege hin.

***

Dann schwieg der greise Pastor.

Der junge Bauer war aufgestanden.

"Die Bibel weiß nichts davon, Herr Pastor. Wenn die alte Frau selbst Hand an sich gelegt hat und nicht in der Reihe liegen kann und keine Rede kriegen kann, Herr Pastor, dann muß ich sie auf meinem eigenen Lande beerdigen und ihr selbst ein Gebet mitgeben."

Und seine schweren Schritte verklangen auf der Treppe.

Am Staket stand der Schimmel. Er schwang sich hinauf und ritt davon.

***

Den Abend vor Ostern war es.

Da brannten zwei lange, dünne Kerzen in der verräucherten Kate zu Häupten der alten, toten Frau, deren spitzes, weißes Gesicht aus dem Sarg guckte.

In den Ecken steckte schon die Nacht.

Hans saß neben der Leiche und hatte den Kopf in die Hand gestützt und blickte unverwandt nach der Toten. Ein tiefer, grüblerischer Zug lag um seinen Mund.

Geeschen streifte ihn ab und zu mit scheuen Blicken. Sie war fast bange vor dem starren Bauern, der sich nicht rührte und nicht regte. Sie lehnte am Fenster und sah nach den Lichtern auf dem Wasser. Sie hatte ein feines, schwarzes Kleid an, das Hans ihr aus der Truhe gesucht hatte. Es stand ihr wunderfein. In dicken Flechten lag das Haar um den Kopf. Und die Augen hatten nichts von ihrem Glanz verloren. An ihnen war kein Weinen zu sehen.

Aber Hans sah davon nichts.

Die Kerzen flackerten auf, als die Tür ging und Peter eintrat.

Der Bauer stand müde auf.

“Ward Tied,” sagte er dumpf und sah Geeschen an. Fragend begegnete sie seinem Blick. Dann begriff sie, preßte die Lippen aufeinander und ging an den Schrein. Sie drückte die kalte Hand zum letzten Male und ging wieder nach dem Fenster.

Peter sagte treuherzig: “Adjüst, Angk.”

Dann legte Hans das weiße Kleid zurecht, klappte leise den Deckel zu und verschloß den Sarg.

Die beiden Männer trugen ihn langsam den Deich hinunter und setzten ihn in den grünen Kahn, der am Bollwerk lag.

Es war eben Hochwasser gewesen.

“Du bruks ne mit. Ik kann alleen klor wardn,” sagte Hans und nahm die Riemen zur Hand.

“Wenn du’t meenst,” gab Peter zur

Antwort und steckte die Hände in die Taschen und drehte bei. Unterwegs dachte er an die hundert Pülle grünen Kohls, die er für Angk noch auf dem Felde stehen hatte. Die kriegte sie nun nicht mehr, und sie hätte sich so sehr darüber gefreut. Nun konnten sich die Hasen freuen.

Geeschen hatte ein wollenes Tuch um den Kopf gebunden und den Kranz in die Hand genommen. Auf der Achterducht nahm sie Platz und legte den Kranz auf den Sarg.

Sie band das Tuch fester. Es fror sie. Der Nachtwind kam kalt von Osten.

Hans ruderte schweigend ab.

Aus dem Sielgraben waren sie bald hinaus.

Es war tiefe Nacht geworden. Tiefe, stille, feierliche Nacht. Am Heben ging der Mond durch die weißen Wolken wie ein König durch sein Volk. Auf dem Wasser blinkte und leuchtete er. Die Elbe war ruhig. Kaum daß die Lichter von der andern Seite, von Nienstedten und Teufelsbrücke, herüberglitten und -schwankten. Nur das Knarren der Riemen war zu hören, das Surren der wilden Enten, das Tropfen und Lecken der Riemen.

Auf dem Perlenkranz stand der Mondschein starr und kalt, und über das düstere Gesicht des Bauern huschte er fast ängstlich.

Geeschen guckte bald hierhin, bald dorthin.

"Lot dat Kieken no," sagte er.

Da sah sie den Mond auf dem Wasser und griff mit den Händen danach. Er zerging in Stücke und wurde wieder gelb und rund. Vollmond und Halbmond hatte sie schon gemacht. Nun sollte das erste Viertel an die Reihe kommen.

Da fragte Hans: "Wat hest du dor?"

"Ik griep den Mon."

"Leß em sitten, hürs?"

Sie hatte die Hand zurückgezogen, aber es dauerte nicht lange, da hatte sie sie wieder heimlich über Bord gestreckt und ließ sich das Wasser durch die Finger strömen.

Er hörte es.

"Noloten!"

"Warum?"

Da guckte er ernst auf den Sarg und tauchte die Riemen tiefer ein.

Sie saß da mit ihrem raschen Herzen, mit ihrem warmen Leibe, mit ihrer köstlichen, goldenen Jugend und ihrer neuen, tauigen Freiheit. Wie Blumen und Sonne war es in ihr. Und sie mußte sich ducken, konnte nicht singen. Mußte frieren.

Frieren? Es fror sie nicht. Nicht mehr. Das Tuch fiel ihr von den Schultern. Der Mond spielte mit ihrem Haar und floß um ihr junges Angesicht.

Sie hielt das Schweigen nicht mehr aus.

"Hans Banidt?"

Er sah kaum auf.

"Sitt dor ne so benüßt. Kiek mi an und snack 'n Wurt. Wi lewt jo doch, Hans Banidt. Segg doch wat. Mi ward jo rein angst un bangen."

Er schüttelte den Kopf.

"Wi hebbt Beerdigung."

"Hans Banidt, di deit dat leed, dat't so komen is, ne? Du wulls, dat du mi ne sehn hars, wat?"

Er unterbrach sie schroff.

"Wees still, Diern."

Da gab sie es auf und schwieg.

Auf dem Neß und am Süllberg flammten Feuer auf, große, rote Feuer.

Sie wies mit der Hand hin.

"Kiek, kiek, Hans Banidt! De Ostermonen! Wo grot, wo fein! Dat is Ostern! Ostern, Hans Banidt!"

Er knurrte. Das Gespreche störte ihn. Er wollte nichts wissen.

Sie sah ihn groß und fragend an, bis das kleine Eiland erreicht war. Es war der Swiensand, der verlorene Posten zwischen Blankenese und dem Alten Land, hundert Schritt im Umkreis Sand und Schlick, in der Mitte Weidenbüsche.

Scharrend stieß der Kahn auf den Sand und saß fest. Hans stand auf und zog ihn hoch aufs Trockene.

Da konnte Geeschen ausspringen und lief behend nach den Weiden.

“Kiek, Bur! De feinen, weeken Katten!” Und riß gleich an einem Zweig. Aber der war zäh. Sie mußte ihn zuletzt durchbeißen.

Der Bauer hörte nicht darauf.

Er hatte den Sarg auf den weißen Sand gesetzt und war mit Schaufeln und Äxten dabei, das Grab zu machen. Durch die Wurzeln mußte er sich hauen, mußte graben und graben fast eine Stunde lang.

Geeschen umkreiste das kleine Land und lief in Sprüngen über den Sand. Sie ahmte das Schreien der Möwen nach und machte sich ein Erdbeben in dem feuchten Sand.

Von Zeit zu Zeit wischte Hans sich die Tropfen von der Stirn und schalt: “Lot dat Speelen no.”

“Ans frier ik!” rief sie.

Dann schlich sie sich behutsam hinter ihn und strich ihm mit den Weidenkätzchen die Backen und war wie ein Iltis davon.

Von den bunten Muscheln suchte sie einen ganzen Berg zusammen. Sie baute aus ihnen ein Haus mit geschickten Händen.

Ordentlich warm wurde ihr dabei.

Hans kam.

“Ik mok ’n Gruft, und du?”

“Ik mok ’n Hus,” sagte sie wichtig. “Kiek mol, Hans, wat för ’n Hof.”

“Du büst ’n Kind.”

Dann mußte sie mit ihm gehen.

Der Sarg stand schon in der Tiefe.

Geeschen ließ den Kranz hineinfallen, und es schauderte sie. Hans nahm die Mütze ab und betete laut ein Vaterunser und setzte hinzu: “Du ligst hier eensom, Angk, bi Meben und Kreien, ober still un geruhig, – un mihr wulls du jo ne. Amen.”

Dann rauschte der Sand hinab, und Sarg und Kranz verschwanden. Als der Hügel sich wölbte, steckte er die Schaufel beiseite und sah Geeschen an.

Langsam streckte er ihr die Hand hin.

“De Dode is versorgt. Nu kommt de Lebendigen wedder anne Reeg.”

Ein fester Lebenswille stand in seinen Augen. Da legte sie ihre kleine Hand in seine große und sah ihn lange an. Und in beider Augen glomm es auf.

Dann lief sie fort, und als er ihr noch verwundert nachsah, da hatte sie schon einen Haufen Feeks zusammengeworfen und zündete ihn an. Und eine helle, rote Flamme prasselte auf.

“Wat schall dat denn nu?” fragte er.

“Is doch Ostern!” rief sie, “smiet man Feek up!”

Und er tat es. Ihm war wunderlich geworden. Größer und größer wurde das Feuer.

Der Schein wallte auf dem Wasser, als sie heimfuhren. Da sagte er es: “Wullt du mien Froo wardn?”

Sie sah ihn groß und schweigend an, – und schweigend fuhren sie ans Ufer.

***

Fern auf dem Swiensand leuchtete noch das Osterfeuer durch die Nacht.

Aber die Hähne krähten schon, und Ostern wollte es werden.

Der Taucher

Dwars von Scharhörn, von der riesigen Bake, von der Sphinx der Elbmündung, – zwischen dem großen Vogelsand und dem Busch, dem Eiland Trischen, hart auf dem Sichtkreise des Helgoländer Blitzfeuers, guckte ein Mast aus dem Wasser, als es nach dem diesigen Nachmittag und der daakigen Nacht am andern Morgen aufklarte.

Ein Mast, ein Topp, von seekundigem Auge leicht hinzubringen, denn der lange Windflögel und die drei dicken Blöcke konnten nur einer holländischen oder einer ostfriesischen Tjalk gehören. Er stand ziemlich schräg, wie die meisten Tjalkenmasten, und ragte eine gute Armlänge aus der See. Manchmal wankte und bebte er deutlich: das war dann, wenn das unter dem Wasser stehende Großsegel von der Meeresströmung stärker erfaßt und zum Gieken gebracht war. Mit leisem Knarren, wie in großer, verhaltener Angst, drehte der Flögel sich in dem wechselnden Morgenwind, als wenn er sein Schiff und seinen Schiffer suchte, als wenn er hilfespähend über das weite Wasser blickte. Flaute der Wind wieder ab, dann ließ er den Wimpel hängen und trauerte.

Der Wachtmann des zweiten Feuerschiffes, ein Finkenwerder, der die Kimmung mit seinem Kieker nach bekannten Fischerewern absuchen wollte, war der erste, der ihn erblickte, und nicht lange danach stoppte das Rettungsboot bei dem Flögel, und die Feuerschiffsleute suchten die Stelle ab. Nichts war zu sehen, kein Mensch und kein Boot, kein Hund und kein Brett. Nicht einmal verlorene Luftblasen stiegen mehr auf. Als es eine halbe Stunde den Mast umkreist hatte, kehrte das Rettungsboot nach dem Feuerschiff zurück. Und dann erschütterten die unsichtbaren Funken die Luft und meldeten zu Cuxhaven, daß da und da eine unbekannte Tjalk gesunken wäre.

Möwen strichen über den Topp hin.

Krabbenschaluppen segelten heran, um zu sehen, ob etwa ein Tau loszumachen wäre, und Seeschlepper dampften heran, um zu erkunden, ob vielleicht ein Tau festzumachen sein könnte.

Dann schlug die Einsamkeit wieder über dem Mast zusammen.

Aber in der Abenddämmerung, als die Lichter schon über der See standen, kam der Staatsdampfer und legte eine Wracktonne aus.

Am andern Morgen bekam der Strandvogt einen Rettungsgürtel mit dem Namen "Gesine von Hamburg", den ein Wattfischer gefunden hatte: da hellte das Dunkel auf, das über dem gesunkenen Schiff ruhte; da mußte es Klaus Röver sein, der mit seiner Tjalk von Harburg gekommen war und nach Kopenhagen segeln gewollt hatte.

Wieder ging ein Tag vorüber. Auf der Alten Liebe standen Klaus Rövers Frau und seine beiden Jungen, die blaß und verweint über die See guckten.

***

Die Tjalk hatte ihre dreißig Jahre auf dem Buckel, sie war alt und mürbe. Und die Ladung Ölkuchen war durch das Seewasser verdorben. Das Wrack lag abseits vom Fahrwasser und war niemand im Wege. Also: wer hätte sich darum kümmern sollen, wer kümmerte sich darum? Kein Mensch!

Aber die Wasserkante hatte dennoch ein Gespräch darüber angefangen. Sie sagte, daß Klaus Röver die Tjalk recht hoch im Kompakt stehen hätte. Sie meinte, daß es doch seltsam wäre, eine geruhige Nacht, und niemand hätte etwas über einen Zusammenstoß gehört. "Wenn dat man nich so wesen schullt hett!" Damit war es ausgesprochen, das harte Wort, und niemand wußte, wer es zuerst gesagt hatte. Der Kompakt kam, die Versicherungsgilde des Schiffes, die sich vor die große Ausgabe gestellt sah, und die beiden grauköpfigen Schiffer steckten sich schlauerweise hinter Staatsanwaltschaft und Hafenmeister und hielten darum an, daß der Taucher das Schiff untersuchte, um festzustellen, wodurch es zum Untergang gebracht wäre und ob noch Menschen darin steckten.

***

Die Behörden gingen darauf ein, denn die Sache schien begründet zu sein, und die Tjalk lag nicht sehr tief. Dazu war das Wetter ruhig, und der Taucher hatte gerade nichts anderes um die Hand.

So dampfte der “Reiher” denn mit dem Hafenmeister, den Gerichtsherren, den beiden griesen Kompaktschiffern und dem Staatstaucher an Bord eben nach Hochwasser aus dem Alten Hafen und nahm den Kurs auf Großvogelsand.

Willem Wulf, der Taucher, stand groß und breit in seinem Isländer vorn auf Deck, hatte die Hände in die Hosentaschen gesteckt und sprach mit seinen Hilfsleuten, bis er die alte Frau und die beiden Knaben auf der Alten Liebe stehen sah. Da brach er das Gespräch ab und ging unruhig hin und her, als müsse er etwas umlaufen, das sich ihm in den Weg stellte.

Die Frau hatte mit hinaus wollen, aber die Herren hatten es ihr abgeschlagen, um ihr die Aufregung zu ersparen. Nun blickte sie dem Dampfer starr nach.

Willem Wulf kam nicht weit auf seiner Wanderung: fünf Schritte gab die Dampferreling nur zu. Auch auf seiner Gedankenwanderung kam er nicht von der Stelle. Er kannte Klaus Röver. Vor Jahren hatte er ein halbes Jahr als Junge bei ihm gefahren. Da war der Schiffer ein erzählungslustiger, unternehmender, quecksilberiger Fahrensmann gewesen, mit dem der geruhige Junggast gar nicht gut ausgekommen war. Der Junge war dem Schiffer viel zu still gewesen und viel zu langsam, zu ehrbedächtig und zu ungeschickt. Da ging weder das Reffen noch das Kochen schnell genug: es hatte manches Gottverdori und manche nasse Hansch gelohnt, ja, auch Schiffsmettwurst und Pützen kalten Wassers blieben nicht aus, wenn er zu lange geschlafen hatte oder wenn die Klöße angebrannt waren, und schließlich musterte Klaus Röver ihn mir-nichts-dir-nichts ab, weil er sich über ihn nicht totärgern wollte, wie er ausrief. Der große Taucher lächelte: er war dabei doch ein Seemann geworden. Das bißchen Hagel- und Donnerwetter war längst vergeben und vergessen. Längst, nicht erst, seitdem Klaus Röver unter die Gebliebenen gegangen war. Noch im letzten Herbst hatten sie einander im Hafenhaus getroffen und einen Grog zusammen getrunken, wie zwei gute Kameraden ihn trinken sollen. Der Taucher dachte an diese Stunde, die jetzt so hell, so bedeutungsvoll vor seine Seele trat, – wie ihm gleich aufgefallen war, daß ihm ein anderer gegenüber saß, ein ganz anderer Mann als der bewegliche

Wippsteert von damals, ein stiller, ergrauter, vergrämter Mensch, den die Fahrten und die Zeiten mürbe gemacht hatten. “Du hest god lachen, Willem, du hest dien fein Bohntje un dien seker Brot!” Es sei nichts mehr mit der Frachtschifferei, hatte er gemeint, die ganze, kleine Schiffahrt sei reif zum Überbordwerfen, es seien keine Leute und keine Frachten mehr zu bekommen, wochenlang müsse er von Makler zu Makler laufen und bitten und betteln, und sei er beladen unter Segeln, so müsse er Tag und Nacht klar stehen, denn seinen Bierfahrern und Handwerksburschen könne er das Schiff nicht anvertrauen. Wenn er die Tjalk los wäre, ginge er auf einen Leichter oder suchte sich andere Hafenarbeit, bei der er geruhig schlafen könne: aber wer solle das alte Schiff kaufen? Nicht einmal als Brennholz nähme es ihm einer ab. Danach hatte er wieder in sein Glas geguckt und den Kopf geschüttelt über das bittere Leben auf dem undankbaren Wasser. Die beiden Jungen kämen bald aus der Schule, er würde sie gern etwas lernen lassen, – “se hebbt ’n Kupp ton Behollen, Willem, dat seggt Schoolmester und Pastur!” – aber die Not zwänge ihn, sie an Bord zu nehmen, sie an das Schiff zu ketten, wie er daran gekettet sei, er könne nicht anders, als sie hineinziehen in das Elend der kleinen Schiffahrt ...

Der Taucher gab sein Wandern auf, der Dampfer hatte den Mast und die Wracktonne gesichtet und es war noch manches vorzubereiten.

Als der "Reiher" dann zu Anker gegangen war und die Tjalk gepeilt hatte, die blutrote Taucherflagge aufgezogen und die Leitern ausgesteckt waren, stieg der große Taucher in seine schwere, graue Rüstung und ließ sich von seinen Gesellen klar machen. Als alles geschnallt und geschnürt und geprüft war, wurde der gewaltige Kopf aufgeschraubt, und der vorweltliche Tiefseefisch war fertig. Der Taucher erhob sich groß und langsam, schon ganz erfüllt von seiner furchtbaren Einsamkeit, schon gänzlich getrennt von der sonnigen Welt, und nahm sein Werkzeug an sich. Die Räder der Luftpumpe drehten sich schneller, – der Taucher stieg über Bord und verschwand unter den aufwirbelnden Blasen, während einige Möwen schreiend um Schornstein und Mast strichen.

***

Auf der Mitte der Leiter hielt der Taucher an, suchte einen Halt an den Wanten und sah nach dem Segel, das im Wasser stand. Es schien zerrissen zu sein, ja, es war zerrissen, – aber das brauchte kein Windstoß und kein Schiff getan zu haben, das konnte auch die schwere Dünung gemacht haben. Oder ein Stör konnte hindurchgeschossen sein, denn das Segel schien geflickt zu sein und war gewiß alt und mürbe.

Das war noch kein Beweis für einen Zusammenstoß mit einem fremden Schiffe. Der Taucher stieg tiefer, er war nun dreimal beweglicher als oben und ging rascher. Er gab das Zeichen: Mehr Bott! – und schritt vorsichtig das Deck ab, an Fallen, Wanten und an der Reling Halt suchend, denn eine reißende Strömung setzte über den Grund.

Ja, das war die "Gesine". Trotz des abendblauen Lichtes der wetterleuchtenden Schatten des Segels und des Dampfers erkannte er Roof und Winsch, Ruder und Plicht, als sei er gar nicht von Bord gekommen. Das Boot fehlte, auch von Haken und Riemen war nichts mehr vorhanden, und die Luken fehlten zum Teil, aber von Haverei war nichts zu sehen. Der Taucher arbeitete sich gegen den Strom mühsam nach dem Steven und beugte sich über den Bug. Da sah er, daß der Anker in der Klüse hing, daß die Tjalk also gesegelt hatte, als sie untergegangen war. Sie schien schon tief in den strömenden, saugenden Sand eingesackt zu sein. Der Taucher bedachte sich deshalb und stieg nicht über Bord, um nicht in die Klemme zu kommen. Er konnte auch so erfahren, was er wissen wollte. Die Schwerter waren heil, und auch am Gatt war keine Verbeulung zu erblicken. Gerammt konnte die Tjalk nicht sein. Das war ihm schon klar geworden.

Schwerer ging des Tauchers Atem: nun mußte er seinen alten Schiffer binnen suchen, das war gefährlicher. Er ließ sich achterut gleiten und kletterte in das Deckshaus hinein. Er besann sich noch gut auf die Schiffsgelegenheit und hatte bald alle Kojen und Löcher überholt. Kein Mensch war zu fühlen. Einige Bänke und Geräte, die sich an der Decke festgeklemmt hatten, schob er hinaus und ließ sie nach oben schießen. Eine Wanduhr, die er fühlte, steckte er in einer sonderbaren Anwandlung in die große Rückentasche, ebenso die Handvoll Papiere, die er in der Kojenschieblade erfaßte.

Dann schritt er weiter und kroch in den Raum hinein. Die Luken, die er noch losmachen mußte, wirbelten in die Höhe. Der Raum war mit den Ölkuchenballen angefüllt, die eine klumpige Masse geworden waren und durch die Decksbalken niedergehalten wurden. Da war kein Mensch zu finden. Als letztes blieb noch die Vorkoje, in der die Segel und Ketten aufbewahrt wurden.

Der Taucher strebte dahin, er mußte machen, daß er fertig wurde, denn in seinem Kopf klopfte es wie in einer Schmiede, und er war schon ganz benommen, – die wilde Strömung, die über das Watt raste, machte ihm das Tagewerk doppelt so schwer als sonst. Als er den Drücker der Winsch ergriffen hatte und sich an ihm weiterköttete, kam ihm aber doch der Gedanke: Harrst di dat woll dacht, ole Jalk, dat wi uns mol so weddersehn schullen? – und machte ihn lachen. Dabei wurde sein Sinn freier, – er glaubte nun schon nicht mehr, daß Klaus Röver sein Schiff weggesetzt hatte, wie sie gesagt hatten, und das war eine Beruhigung für ihn. Mochte sein alter Schiffer ertrunken sein, er war doch in Ehren untergegangen als ein rechter Fahrensmann ...

Als der Taucher die Axt aus den Händen des Ertrunkenen gelöst hatte, die festumkrallte, große Axt, kniete er nieder und betastete den Schiffsboden, der unter der Vorderkoje nackt zutage trat. Und als er die Stelle gefunden hatte, das Loch, das so groß war, daß er die Hand durchstecken und den Sand greifen konnte, da fiel eine große Trauer über ihn wie schwarzes Gewölk, und er rührte sich zunächst gar nicht. Dann aber mahnte ihn sein brausender Kopf unerbittlich und drohend. Er faßte den toten Schiffer an und zog ihn mit an Deck. Dort hielt er sich an den Wanten fest und fragte sich ernst und furchtbar: Wat deihst du, wat seggst du, wat mokst du?

Jäh sah er in die Höhe, als würde er von dort gesehen. Was sollte er tun? Sollte er sagen, was er entdeckt hatte, sollte er seinen alten, verzweifelten Schiffer verraten, sollte er das arme, abgehärmte Weib um das Versicherungsgeld bringen, sollte er den beiden Kindern das Andenken ihres Vaters vergiften? Oder sollte er sagen, er hätte nichts gefunden, und sollte er den Leichnam treiben lassen? Sollte er sagen, die Tjalk sei angerannt worden und der Schiffer sei in der Koje ertrunken?

Er wußte es nicht, nein, er wußte es nicht, er fand sobald keine Antwort, wie er auch suchte! Du sollst nicht lügen, du sollst nicht lügen! rief es immer wieder. Aber danach weinte und schrie wieder die alte Frau um Gnade! Wie weinte sie, die alte Frau ...

Der Taucher hob den Toten auf und schaute ihm in das blaue Gesicht: Help mi, Klaus, wat schall ik dohn? Ik hebb een Gott innen Heben un kann nich legen!

Mit vergrößerten Augen sah er den toten Schiffer an. Da löste sich allmählich etwas in seiner Seele, und es kam ihm so vor, als ob der Tote ihn ansähe und geruhig sagte: Willem, mien ole Jung, wat quälst du di so? Kiek mol, wat hebbt de Minschen hier noch to seuken, wat schall hier noch dat Gericht? Siehe, ich habe mein eigenes Schiff zerstört, weil ich es los sein wollte, weil ich endlich einmal *leben* wollte, weil ich das Geld für meine Jungen brauchte. Aber als das Schiff zu sinken anfing, als es zu spät geworden war, das Leck zu dichten, da kam es über mich wie das jüngste Gericht und ich konnte nicht anders, ich mußte mich mit der Axt in die Ecke setzen und mit der Tjalk untergehen. Es wäre doch kein Leben mehr geworden, das fühlte ich. Ich war ein Mörder, ich hatte mein Schiff ermordet, mein Schiff, das so hieß wie meine Mutter, und darum konnte ich nicht mehr leben. Willem, tu, was du willst, aber bedenk dabei, daß das Gericht hier unten gehalten ist, und daß die See tief ist und nichts verrät, – und daß dahinten am Hafen drei arme Menschen stehen. Lot mi hier liggen, goh wedder ant Dogslicht un – swieg! Swieg, Willem! Swieg, wenn du dat kannst! Willem, do dat, mien Jung!

***

Jo, ik kann swiegen! Ik kann swiegen, un ik will swiegen!

Der Taucher war mit seiner Seele eins geworden. Wie ein Kind nahm er den toten Schiffer auf den Arm, riß die Sprechleine zum Zeichen des Aufstiegs und kletterte der Sonne und den Menschen entgegen.

Da sank die Dienstflagge des Dampfers halbstock, und während das rote Tuch herabgenommen wurde, war der Taucher so weit, daß er sprechen konnte. Sein Bericht war kurz und geruhig: was er verschweigen wollte, das verschwieg er. Und die See schwieg mit ihm: eine Woche später fegte ein Nordweststurm in die Elbmündung hinein, und als er ausgewütet hatte, da war der Mast spurlos verschwunden. Und als alle Peilungen erfolglos blieben, konnte auch die Wracktonne weggenommen werden, und nichts erinnerte mehr an die alte Tjalk "Gesine".

Willem Wulf aber, der gewaltige Taucher, hat die beiden Jungen nicht nur an der Hand gehabt, als Klaus Röver unter dem Geläut der Kirchenglocken des Elbdorfes begraben wurde, er hat sie auch noch heute an der Hand und sorgt wie ein Vater für sie.

Das ist seine Sühne, und weiter hat sein Gewissen noch keine von ihm verlangt, obgleich sein Taucherberuf es mit sich bringt, daß er oft in Meerestiefe mit ihm und Gott allein ist.

Sturm

In der engen, niedrigen Kajüte schwelte die Lampe und zitterte und schwankte in ihren messingenen Ringen hin und her, dann und wann so stark, daß das Glas ein Klingen angab und daß das Licht blitzartig aufzuckte. Trübe war ihr Schein, eben, daß das Barometer zu sehen war, das seit Mittag noch ein Stück gefallen, eben, daß er zu lesen war, der silberne Spruch:

In allen Stürmen, in aller Not,
Wird er dich beschirmen, der starke Gott!

Eben, daß die beiden Bilder zu erkennen waren, die hüben und drüben über den Kojen hingen. Hier wie dort ein frisches Mädchengesicht, reiche, dunkle Flechten, hier wie dort große, unschuldige Kinderaugen, hier Geeschen und dort Geeschen.

Geeschen Saß! Die war ein Kind, das spielte und lachte, gab jedem der beiden ihr Bild, sprach gleich freundlich mit dem anderen und mit dem einen, setzte sich sorglos zwischen sie ...

Nun war der Sturm geboren!

Nun flackerte die Lampe, nun scheuerten die Bilder an der Bordwand, nun flogen Pütt und Pann von einer Seite nach der andern, nun prallten die Seen furchtbar gegen den Steven und ergossen sich über Deck, und der Wind heulte durch Taue und Wanten.

Nacht war es, eine Herbstnacht auf der kleinen Fischerbank, weit, ... weit hinter Helgoland.

Da müssen sie an Bord sein: Bibel, Kompaß und Menschenwille; anders ist dem armen Fischerkutter nicht zu helfen.

Mit einem Male schrie der Sturm lauter, die Kapp wurde aufgerissen, eine weiße See schäumte herüber und schlug prasselnd auf die Lohnen, dann ließ sich ein Stampfen hören, die Luke wurde zugeschoben, und ein Fischer fiel schwer auf die Bank nieder. Junge, wat süht dien Jack ut! ... Alles troff von Wasser, das junge Gesicht, der Südwester, der Ölrock. Was für eine Gelegenheit! Immer in Gischt und Schaum stehen und bei jeder überkommenden See sich an den Wanten anklammern, ... das macht müde ... ... Und dabei die Kälte, die bis ans Herz griff! ... Die hereingebrochene Nacht, was mochte die nun noch bringen? Er sah wie verzagt nach der Lampe, dann beugte er sich vor und drehte sie höher. Doch ein Stückchen Licht noch auf der Welt ... Wäre es doch nur erst Morgen, ... nur erst wieder still ...

Drehte das Fahrzeug sich um? Flach auf der Seite lag es ja bald ... Nein, – es richtete sich wieder auf. Der Junge erhob sich: lieber oben an Deck schwimmen, als hier unten lebendig begraben sein. Damit aber besann er sich, daß er essen sollte, und suchte im Wandschrank Butter und Brot und im Kessel schwarzen Kaffee. Dann kaute er, die Füße gegen das Ende der Bank gestemmt, um einen Halt zu haben. Die beiden Brüder da oben, ob sie nun auch noch aneinander vorbeisahen? Er guckte nach den Bildern. *Die* sollte Schuld sein! *Die* war es, die beide haben wollten, und einer konnte sie doch bloß kriegen. Hol's der Deubel, – er, Hinnik Rust, hätte sich gleich den ersten Tag für Jan entschieden, denn erstmal war er der ältere und dann der größere und der stärkere, der ruhigere, der vernünftigere ...

So in Gedanken, schraubte er das Licht hinunter und ging nach oben. Mit ihrem wildesten Gebrüll und Gekeuch empfing ihn die nordische See.

***

Nicht lange glomm das Licht so trüb. Eine Menschenhand drehte den Docht wieder hoch. Jan stand in dem kleinen Raum und schüttelte das Wasser ab und knöpfte den Rock auf. Sah nach dem Wetterglas und bemerkte, daß der Zeiger noch wieder drei Striche heruntergegangen war. Blickte ernst nach dem Silberspruch und nickte. Und schaute das Bild an, das über seines Bruders Koje hing. Das Mädchen kam ihm fremd vor, war gar nicht seine Geeschen gegenüber ...

Ein Riese war er, dieser Jan. Wenn er in der Kajüte stand, wußte er nicht, wohin er mit dem Kopf sollte, und saß er, dann hatte er mit den Beinen seine Not ... Immer heiteren Sinnes, dieser Jan, still, gelassen und besonnen wie ein Kind. Nichts brachte ihn aus der Ruhe. Auch damals lachte er vor sich hin, als sie ihm von Geeschen und Harm erzählten, und sagte nur: “Schall woll so wesen: *een* Mudder, *een* Schipp, *een* Deern.”

Nur heute war es anders, und so wenig man es ihm ansah: in seiner Brust war alles gelöst, alle Muskeln spannten sich an, das Herz schlug schneller, und die Sinne waren ins Ungemessene gewachsen. In seinem Kopfe arbeiteten die Gedanken ... Nicht Angst war es, nicht Furcht, die ihn durchjagte, *Sorge*, bange Sorge um die Mutter am Deich, die auf ihre alten Tage nicht plätten und reinmachen sollte für fremde Leute, um Geeschen, die nicht schwarz gehen und nicht weinen sollte, um den Bruder, der immer sein Bruder blieb, um den Jungen, um sein stolzes Fahrzeug, um sich selbst. *Der Wille zum Leben*, der war es. Was stand dagegen? ... die kleine Fischerbank, der schwache Junge, der Bruder, dem alles gleichgültig geworden war, und der ebensogern die Hände in die Tasche steckte, als daß er beim Reffen half ... Was stand dafür? ... ein neues, starkes Schiff, neue Segel, neue Masten und ein sturmgewohnter Mann, - er selbst!

Damit kroch das Licht wieder zusammen, und er ging an Deck ...

Dunkel, dunkel, ... und nun war wohl das Ende da? – Stand der Kutter steil in der Luft? Überschlug er sich wie ein Tümmler, der heisterkopf schießt? Rissen Geisterhände Geeschens Bild herunter und warfen es zu Boden?

Es *schien* nur so; das Fahrzeug stand wieder auf. Nur das Bild blieb liegen unter den Glasscherben ...

Die knirschten unter den schweren Seestiefeln. Harm bückte sich, griff nach dem Bild und richtete sich jäh auf. Ein Wutgestöhn entrang sich ihm, als er den Platz über *seiner* Koje leer fand. Nicht einen Augenblick kam ihm der Gedanke, daß es hinuntergeschleudert sein könne, – er, *Jan*, hatte es heruntergerissen und ihm vor die Füße geworfen. O, – der Hund der! Er sah das Bild an. Ja, die Geeschen, die wußte vor Angst nicht, wen sie nehmen sollte ... Also – mußten *sie* sich darüber einig werden!

Vor Angst? Dann also liebte sie *ihn*, Harm! Denn liebte sie Jan, so brauchte sie vor dem Bruder nicht bange zu sein: der riesige Jan nahm es ja mit jedem auf, – er war der Stärkere. Hier, hier hatte er oft gestanden und den Atem angehalten, wenn Jan schlief. Und sich auf ihn werfen wollen, aber die Vernunft hatte ihn jedesmal zurückgehalten ... Da lag das Bild ... Jan konnte machen, was er wollte

... Was Sturm und Lebensgefahr! Wenn sie blieben, – seinetwegen! Kamen sie zurück, dann nahm Jan sich Geeschen, gingen sie unter, dann kriegte sie wenigstens keiner. Einen anderen Weg gab es nicht! Gab es nicht? Er hielt an, ... wenn er allein heimkam, ... wenn Jan nicht mit zurückkehrte, ... wenn er über Bord schlug? Das wäre ein Unglück, ... aber wenn er dem Unglück den Arm lieh, ... ein Stoß, ... ein Schlag ...

Rief da einer? War es schon geschehen? Das Unglück? ... Hastig steckte er das Bild in die Koje, dann schritt er nach oben.

***

Novembersturm.

Sargdunkel der Himmel, kein Mond, kein Stern, keine Wolke zu sehen. Sargdunkel die See, kein Licht, keine Leuchte, kein Segel zu erblicken. Nur im Umkreise von zehn Faden geistern die weißen Häupter der Wogen auf. Gespenstisch flackert der grüne Schein des Steuerbordlichtes bald hier, bald dort auf dem Wasser. Von allen Seiten wälzen sich die Seen über das Deck, das *ein* Gischt und *ein* Schaum ist. Eine Sprühflage nach der andern saust herüber. Der Kutter stampft und zittert in dem kochenden Wasser. Bald saust er gegen den Himmel, bald schießt er tief hinunter, bald liegt er platt auf der See. Wie wild hauen die gerefften Segel, wie toll hämmern die Schoten, ängstlich knarren die Gaffeln. Um alles aber rast der Sturm, sausend, stöhnend, heulend, brüllend.

***

Der Kompaß suchte zitternd seinen Pol. Hinter ihm, im Steuergang, stand Jan. Er hatte sich mit einem Tau an den Besanmast gebunden, und auch das Steuer hatte er mit zwei Stroppen in der Gewalt. Unaufhörlich brachen die Seen über Deck. Der Gang konnte sie nicht so rasch verschlucken, so watete er bis zum Knie im Wasser. Das aber beachtete er nicht: ihn kümmerten der Kompaß und die Segel und die See.

"Fastholn!" rief er jedesmal, wenn er eine große Woge heranfegen sah. Dann stürzte sie auch schon über den Setzbord.

"Fastholn!" scholl es immer wieder.

Der Junge umklammerte bei jedem Stoß die Ducht des Bootes mit beiden Armen und machte die Augen zu. Auch er hatte ein Tau um den Leib.

Nur Harm war nicht angebunden. Er stand an der Fockschot und griff mit der Hand nach den Wanten, wenn er es weiß und hochgetürmt ankommen sah.

"Goh man dol," rief er dem Jungen zu. Der antwortete nicht, tat, als ob er nichts gehört hätte. Jan aber hatte es vernommen.

"Man dol, Hinnik, ehr du uns ober Burd kummst," gröhlte er, und auf das Wort knotete Hinnik Rust sich los und ging nach unten.

Harm lachte kurz auf. So, ... nun war er allein mit ihm. Nun konnte es kommen, wie es wollte. Wie er es wollte ...

Jan wischte sich mit dem Ärmel die Augen. Dwars ab, – blinkte da nicht ein Licht, – oder trog es ihn? – Es trog! – In dem kleinen Hause am Deich, ... da brannte wohl Licht. Da saß wohl nun die alte Frau und horchte auf das Brausen des Windes und legte den Strumpf beiseite und holte das Psalmenbuch her und las mit bebenden Lippen ...

Harm! Harm! Was beugst du dich vor? Was siehst du nach dem andern? Das ist dein Bruder, Harm! –

Die große See, die große See! –

Wie Eisen stieß sie gegen den Steven, wie Eisen rollte sie über das Deck, und – Harm nahm sie mit ... Mit beiden Armen hatte Jan ihn gefaßt und hielt ihn fest. Im Nu hatte er sich über die Reling geworfen, als er den Bruder stürzen sah, und ihn noch eben gepackt. Weit über Bord gebeugt, lag er auf dem Achterdeck. Das Tau hielt ihn. Schwer wie Blei hing Harm an seinen Armen. Hin und her warf ihn die See, und Woge über Woge ging über ihn hin. Auch Jan mußte viel Wasser schlucken. Er versuchte sich aufzurichten, aber es ging nicht, der Bruder war zu schwer. Wieder und wieder reckte er sich, – vergebens. Seine ganze Kraft bot er auf – und mußte sich wieder ermattet sinken lassen. Er hing zu weit über, und der Körper war zu schwer. Er fühlte, wie seine Macht nachließ, wie seine Hände in dem eisigen Wasser erstarrten. Aber er hielt den Bruder.

Der war schon fast matt und rührte sich kaum noch. Nur einmal bat er: "Lot mi los, Jan!"

Aber der tat es nicht.

Er rief nach dem Jungen mit überlauter, gellender Stimme, doch der Sturm ließ den Laut nicht weit kommen. Er wollte sich wieder aufrichten, aber seine

Arme erlahmten ... Es ging zu Ende ... Er fühlte es ...

Das Tau schnürte ihm den Körper zusammen ... Das Tau? ... Wenn er sich losmachte und es dem Bruder unter die Arme legte? Aber er mußte einen Halt haben. Den Poller! Mit beiden Beinen klammerte er sich daran fest, dann machte er sich die rechte Hand frei und hielt den Bruder mit der linken. Jetzt durfte keine große See kommen! Dann waren beide geliefert. Hastig knotete er das Tau los, ... wie eiserne Krampen umschlossen die Beine den Poller, ... schlang es um den Körper, knotete fest, ... dann löste er die andere Hand, ... der Bruder versank. Jan richtete sich auf und stellte sich hoch und breitbeinig hin und griff nach dem Tau. Und nun er auf den Füßen stand, war es ihm möglich, Harm an Deck zu ziehen.

***

Der Junge erschrak, als er den Besuch eines halbtoten Mannes bekam, dann aber zog er ihn aus, rieb ihn, gab ihm ein paar Tropfen aus der Medizinkiste und suchte ihm trockenes Zeug her. Und freute sich, als Harm wieder zu sich kam.

Gerade war er auf der Diele zugange, und Harm starrte wie träumend vor sich hin, da holte das Schiff gewaltig über, - und die andere Geeschen lag zersplittert am Boden.

Harm sah es, – dann besann er sich, – langte nach den Stiefeln und zog den Ölrock an, und als der Junge verwundert fragte: "Geiht all wedder, Harm?" – da ging er schon die Treppe hinan.

Um seinen Mund aber lag es wie Feiertag, und in seinen Augen glänzte eine heilige Freudigkeit. Das machte, er war ein *Mensch* geworden.

Jan stand angebunden am Steuer.

Er streckte ihm die Hand hin:

"Jan!"

"Harm!"

***

Was wollte da noch der Sturm?

Inhalt